KB042620

천마비상 3

초판 1쇄 인쇄일 2014년 5월 22일 | **초판 1쇄 발행일** 2014년 5월 24일

지은이 용우 | **펴낸이** 곽중열 | **담당편집 팀장** 이범수
편집부 신연제 이윤아 김호성 김은경

펴낸곳 (주)조은세상 | **출판등록** 제2002-23호
주소 경기도 연천군 미산면 청정로 1355
TEL 편집부 02)587-2966 | FAX 02)587-2922
e-mail bukdu@comics21c.co.kr

ⓒ용우 2014
ISBN 979-11-5512-462-8 | ISBN 979-11-5512-459-8(set) | 값 8,000원

용우 신무협 장편소설
NEO ORIENTAL FANTASY STORY

3

天魔鬼士

천마비상

북두
(주)좋은세상

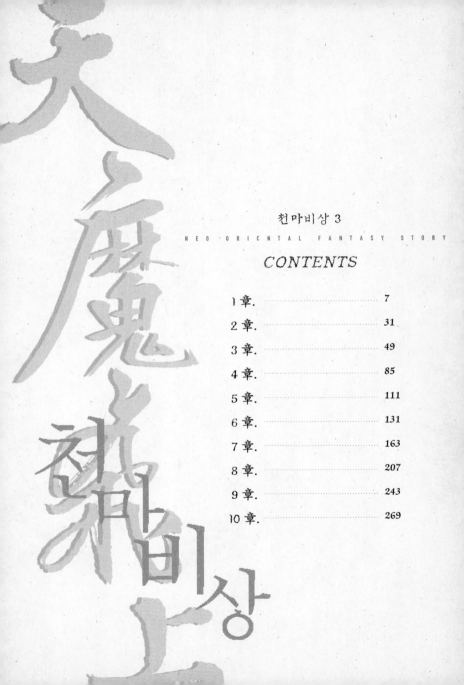

천마비상 3

NEO·ORIENTAL FANTASY STORY

CONTENTS

1章. 7

2章. 31

3章. 49

4章. 85

5章. 111

6章. 131

7章. 163

8章. 207

9章. 243

10章. 269

天魔飛天

第一章.

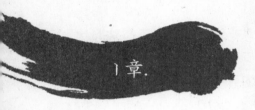

1章.

치익!

눈앞을 스쳐가는 주먹에 머리카락이 타오르며 기묘한 향을 일으킨다.

연신 상체를 움직이며 놈의 공격을 침착하게 피해내는 도현.

조금만 실수해도 곧장 나락으로 떨어질 수 있음에도 도현의 눈은 흔들리지 않는다. 오히려 시간이 지날수록 그의 움직임은 효율적으로 변하고 있었다.

무공을 익히고 많은 시간이 흘렀다.

그동안 약점으로 꼽히던 실전 경험도 꽤나 쌓은 도현이지만, 여전히 강자와의 싸움에선 경험의 부족함이 드러난다.

허독량과의 싸움도 마찬가지였다.

결코 뒤지지 않을.

아니, 오히려 윗줄의 실력을 가지고 있음에도 쉽게 승기를 잡지 못했던 것은 그만큼 간간히 드러나는 경험의 부족 때문이었다.

하지만 시간이 흐르며 점차 약점이 사라지고 있었다.

지금 도현에게 필요한 것은 강한 고수와의 싸움이다.

눈앞의 상대는 그런 도현에게 충분한 경험을 쌓게 해줄 수 있는 최고의 상대라 할 수 있었다.

"큭!"

이를 악물며 주먹을 날리는 허독량.

온 몸이 땀으로 젖은 그의 눈은 연신 주변을 살핀다.

상황이 좋지 않았다.

자신이 데리고 왔던 혈강시는 이미 거의 대부분 파괴되었고, 수하들 역시 몇 남지 않았다.

가히 절망스런 상황인 것이다.

'제길!'

으득!

이를 악무는 허독량.

완벽하게 성공할 것이라 생각했던 계획이 실패했다.

혈강시를 동원하는 악수를 두면서까지 그가 이곳에 왔

던 것은 눈앞의 상대를 어떻게든 제거하기 위해서였다.

처음 상대를 할 때까지만 해도 성공 할 수 있을 것 같았다.

'빌어먹을! 실력을 감추고 있었던 것인가!'

도현의 약점을 알지 못하는 그로선 그렇게 생각하는 수 밖에 없었다.

스칵!

날카로운 소리와 함께 옷자락이 떨어져 나간다.

도현의 검이 날카롭게 파고들었던 것이다.

조금만 깊었어도 옷으로 끝나진 않았을 테다.

화가 나지만 허독량은 지금의 상황을 냉정하게 파악했다. 자신의 실력으로 아쉽지만 놈을 상대 할 수 없는데다, 뒤를 받쳐 줄 수하들도 얼마 남지 않았다.

당장 선택할 수 있는 길은 두 가지 뿐이다.

이대로 계속해서 죽기 전까지 싸우든지 혹은 도망치던지.

점차 도현의 움직임이 작아진다.

최소한의 움직임만으로 놈의 공격을 피해내고, 반대로 공격까지 진행한다.

마치 하나의 흐름과도 같이 유연한 도현의 움직임에 허독량은 번번이 제대로 된 공격을 성공하지 못하고 있었다.

'점차 기의 흐름이 유연해지고 있다.'

자신의 몸에서 일어나는 일을 도현은 하나하나 느끼며 즐기고 있었다.

시간이 갈수록 상대로부터 많은 것을 흡수하고 있는 느낌이었다.

목숨을 걸고 싸워온 상대들 중에 눈앞의 상대는 최적이라 할 만치 도현의 실력을 더욱 높여주고 있었다.

하지만 그조차도 시간이 흐르며 점차 얻을 것이 줄어들기 시작했다.

당연한 일이었다.

애초 도현에게 모자랐던 것은 경험이었기에, 그에게서 얻어 낼 수 있는 것을 모두 얻어낸 이상 더 이상 얻어 낼 것이 없는 것이다.

그것을 느낄 때쯤 돌연 허독량의 공격이 달라지기 시작했다.

이제까지 날카롭게 날아들던 그의 주먹이 이젠 폭발적인 파괴력을 바탕으로 강하게 날아들었던 것이다.

도현으로서도 경시하지 못할 정도의 공격이었기에, 호흡을 고르기 위해 몸을 뒤로 뺐다.

겨우 다섯 발자국 정도 쯤 될까?

그 찰나의 순간을 허독량은 놓치지 않았다.

팟!

재빨리 몸을 되돌려 전력으로 몸을 날리며 외친다.

"퇴각해라!"

명령이 떨어지길 기다렸다는 듯 몸을 날리는 수하들.

하지만 이미 때가 늦었던 것인지 그를 따라 몸을 피하는 자들은 겨우 다섯이었다.

"쫓아라!"

검마의 외침에 마검대원들이 빠르게 담을 넘어 뒤를 쫓기 시작했고, 갑작스레 상대가 없어진 도현은 쓰게 웃으며 검을 집어넣었다.

"경험 부족이로군요."

어느새 다가온 검마를 향해 도현이 말하자 검마는 빙긋 웃으며 말했다.

"좋은 경험을 했다고 생각하면 됩니다. 다음번에 같은 실수를 하지 않으면 됩니다."

"당연히 그리 해야죠."

고개를 끄덕이는 도현을 보며 검마는 다시 미소를 지어 주곤 곧 남은 마검대원들을 지휘해 내부를 정리하기 시작했다.

탁골문의 주요 무인들 대다수가 이번 일로 죽임을 당했기에 이곳에 남은 고수의 숫자가 턱없이 부족했다.

'탁골문의 부활은…… 어렵겠어.'

주변을 둘러보며 혀를 차는 도현.

그때 탁결륜이 도현을 향해 다가왔다.

"도움에 감사드립니다."

정중히 고개를 숙이는 탁걸륜.

아직 어리지만 탁걸륜은 눈앞의 이들이 많은 도움을 주었다는 것을 알고 있었다.

게다가 삼촌의 음모로 인해 큰 곤경에 처할 수 있음에도 불구하고 이곳까지 온 자들이었다.

탁걸륜은 가문의 가세가 기울어졌음을 두 눈으로 확인했다.

이미 문파의 많은 무인들이 죽임을 당했으며, 살아남은 자들로는 지금까지의 위세를 유지하기엔 부족함이 많았다.

근래 신강에는 꽤 많은 문파들이 생겨나고 있었는데, 그들의 도전을 직접적으로 받게 될 것이다.

"앞으로 어떻게 할 생각이냐?"

도현은 넌지시 탁걸륜에게 물었다.

수많은 적들이 있는 상황에서 냉정하게 이곳을 빠져나오는 기지와 이곳까지 함께 오며 보았던 뛰어난 머리.

탁골문이 부활하지 못할 것이라 생각했지만, 눈앞의 탁걸륜을 보자 그것도 아니라고 생각되었다.

시간은 걸리겠지만 충분한 지원만 있다면…… 지금까지처럼 신강의 패자로서 충분한 역할을 할 수 있을 것 같았다.

"많은 무인들이 죽은 이상 과거와 같은 힘을 발휘 할 수는 없겠지만, 최대한 무인들을 모아 볼 생각입니다. 그 뒤 반드시 과거의 위명을 찾을 수 있도록 절차탁마하며 힘을 기를 겁니다."

신념으로 빛나는 그의 눈을 보며 도현은 빙긋 웃었다.

"10년 동안 도움을 주마. 그동안 탁골문은 본성의 지원을 받으며 누구의 침략도 받지 않을 것이다. 물론 지금의 영역을 그대로 유지 할 수는 없겠지만, 충분히 힘을 기를 수는 있을 것이다."

"가, 감사합니다."

"고마워 할 것은 없다. 세상에 공짜는 없는 법이다. 도움의 대가로 탁골문은 본성에 고개를 숙여야 할 것이며, 본성이 필요로 하는 모든 것을 지원해야 할 것이다."

"기꺼이 감내 할 수 있습니다."

탁걸륜은 당연하다는 듯 고개를 끄덕였다.

지금까지 천마성은 탁골문에 지속적인 지원을 해왔다. 그러면서도 그들이 바라는 것은 신강의 안정과 정보가 전부였었다.

강력한 힘을 가지고 있는 천마성이 바라는 것은 크게 없었다.

어린시절부터 그런 모습을 보아온 탁걸륜이기에 도현의 조건을 받아들이는 것은 그리 어렵지 않았다.

아니, 더 심한 조건이 걸렸다 하더라도 받아들일 수밖에 없었을 것이다.

자신의 가문을 이렇게 만들어버린 놈들에게 복수를 하기 위해선 반드시 힘을 길러야 했으니까.

굳은 의지가 보이는 탁걸륜을 보며 도현은 빙긋 웃었다.

파바밧!

쉬지 않고 빠르게 움직이는 허독량의 얼굴이 창백하다.

끈질긴 놈들의 추적에 내공을 충당할 시간도 없이 계속해서 움직이고 있었기 때문이다.

자신을 따라 탈출했던 다섯 무인들 중 남은 것은 겨우 둘이다.

나머지는 놈들의 발을 묶기 위해 스스로 걸음을 돌렸던 것이다.

'끈질긴 놈들!'

자신들의 영역이 아님에도 마검대원들의 추적은 지독하리 만치 끈질겼다.

왜 마검대를 천마성 최강의 무력부대로 부르는 것인지 뼈저리게 느낄 수 있었다.

핑!

그때 뒤에서 가공할 소리와 함께 날아드는 화살!

힘이 떨어져가는 시기에 날아든 화살에 허독량이 미처

반응하기 전에 뒤따르던 수하 하나가 몸을 던진다.

쾌직!

"큭! 어서, 어서 가십시오!"

화살이 배에 틀어 박혔음에도 그는 허독량을 도망치게 만들었고, 허독량은 이를 악물며 발을 놀린다.

저 멀리서 마검대원들이 모습을 드러내고 있었다.

으득!

"개자식들!"

당장은 입 밖으로 욕을 하는 것이 그가 할 수 있는 전부다.

그때였다.

두두두!

엄청난 진동과 함께 저 멀리서 거대한 먼지구름이 피어오르기 시작한다.

정확히 자신의 정면에서 발생하는 일에 허독량은 이를 악물었다.

저것이 놈들의 지원부대라면 자신으로선 도저히 도망칠 방법이 없었다.

그때였다.

"대, 대막혈사풍(大漠血死風)입니다! 가십시오! 놈들의 발은 제가 묶어두겠습니다!"

파앗!

말과 함께 빠르게 뒤돌아서 사라지는 수하를 보며 허독량은 다시 한 번 이를 악물었다.

대막혈사풍은 혈교에서 흡수한 조직.

허독량의 기억이 정확하다면 동령주 중의 하나가 저곳의 주인으로 있을 터였다.

게다가 대막혈사풍의 영역은 이곳에서 아주 멀리 떨어져 있으니, 저들이 이곳에 모습을 드러내었다는 것은 교에서 자신을 구하기 위해 움직였다는 뜻이었다.

"이렇게, 이렇게 끝나지는 않을 것이다! 반드시 이 치욕은 되갚아 주겠다!"

놈, 천도현이 있을 방향을 향해 외치며 허독량이 대막혈사풍을 향해 몸을 날린다.

◑

신강에서 벌어진 일은 천마성에 큰 충격을 주기에 충분했다.

소성주가 습격을 당했다는 것도 큰일이지만 정체를 알수 없던 놈들의 정체가 마침내 밝혀졌기 때문이었다.

"혈교라…… 망령이 다시 설치려는 것인가."

작게 중얼거리는 패마.

하지만 회의실에 앉아 있는 사람들 중 그 소리를 듣지

못하는 자는 아무도 없었다.

　장로들을 위시해 천마성의 주요 인물들이 모두 자리해
있는.

　근 몇 년 사이 가장 큰 회의가 개최된 것이다.

　"혈강시를 다른 곳에서 만들 확률은?"

　"없습니다. 혈강시를 만들어내는 방법은 대대로 혈교만
알고 있었고, 혈강시를 만들기 위해선 혈교의 비전이 필요
한 것으로 알고 있습니다. 누군가가 혈강시를 만드는 방법
을 입수 했다 하더라도 혈교의 비전이 없는 한 불가능한
일입니다."

　오 장로 마선의가 자리에 일어서서 답한다.

　지옥수라대와 함께 신강으로 향했던 그는 혈강시에 대
해 자세하게 살펴 볼 수 있었고, 방대한 지식을 지니고 있
기에 누구보다 정확하게 답변을 할 수 있었다.

　"혈교가 마지막으로 모습을 보였던 것이 언제지?"

　"오십년 전입니다."

　"벌써 그렇게 되었나?"

　"오십년 전 성주님께서 싹이 올라오지 않을 정도로 확
실하게 밟았었지요. 그럼에도 모습을 드러낸다는 것은 어
딘가에 저희가 알지 못하는 뿌리가 있었다는 것 같습니
다."

　일 장로 검마의 말에 모두들 고개를 끄덕인다.

오십년 전에 패마와 장로들은 천마성을 일으키기 위해 부단히 노력을 하고 있었다.

그 과정에서 가장 걸림돌이 되었던 것이 혈교였는데, 같은 마도였지만 그들이 추구하는 것이 너무나 사악하고 혈향이 강하게 풍기는 것이라 패마는 철저하게 그들을 짓밟았다.

그렇기에 혈교의 무서움에 대해 누구보다 잘 알고 있는 것이 패마와 장로들이었다.

"확실히 무공은 그리 대단한 것이 없었지만 별의 별 사술들이 잔뜩 존재하는 곳이었지?"

"당시 놈들의 사술에 상당히 고전해야 했으니, 쉽게 볼 수는 없지요. 문제는 놈들이 그 사실을 모를 리 없단 것입니다. 그럼에도 모습을 드러내기 시작했다는 것은 충분한 힘을 키웠다는 반증일 것입니다."

"부족하던 무공을 채웠단 소린가?"

패마의 물음에 검마는 묵묵히 고개를 끄덕였다.

당시 혈교의 무공은 약했지만, 그 근본까지 약한 것은 아니었다. 그때의 혈교는 사술에 능통하여 무공보다 사술에 더 역점을 두고 있었기에 그랬던 것일 뿐.

그들이 익히고 있던 무공의 근본까지 약했던 것은 아니었다.

특히 혈교주가 익히고 있던 혈마공(血魔功)은 패마의

패천마공(覇天魔功)에 결코 뒤지지 않는 힘을 지니고 있었다.

"혈마공이라…… 귀찮게 되었군."

혀를 차는 패마.

놈들이 지난 오십년 동안 미친 듯이 무공만 파고들었다면, 혈마공 역시 이전과 다른 위력을 발휘 할 것이 분명했다.

게다가 무공 이외에도 사술도 대비해야 한다.

힘에는 자신이 있지만 그 외의 것들에는 취약한 것이 천마성의 무인들이다.

톡, 톡.

손가락으로 손잡이를 연신 두드리던 패마의 시선이 이 장로 월영마검(月影魔劍)에게 향한다.

"어떻게 생각하나?"

"어떻게 잔당이 남아있는지 알 수는 없습니다만, 지금 놈들이 세력을 키우고 있다는 것은 사실입니다. 게다가 놈들의 움직임을 생각해보면 충분한 힘을 기른 것도 사실입니다. 혈강시 따위는 본성으로선 문제가 되지 않을 것이지만, 사황성과 백도맹까지 그럴 것이라곤 생각 할 수 없습니다."

"흠…… 그래도 백도맹은 괜찮겠지. 기본적으로 파사(破邪)의 능력을 지니고 있는 자들이니."

"구파가 있다고 하나 내부적으로 싸우고 있으니 처음부터 힘을 발휘하기는 어려울 것입니다. 결국 문제가 되는 것은 사황성입니다. 혈교의 사술을 그들이 막아내기는 상당히 어려울 것입니다."

정확하게 상황을 분석하는 이 장로의 말에 모두들 고개를 끄덕인다.

어떤 상황에서도 흔들리지 않고 냉정하게 상황을 판단하는 것이 바로 월영마검이다.

그런 그의 말이니 사황성이 혈교의 공세를 막아내기란 무척 어려울 것이었다.

"뭐, 그쪽이야 저들이 알아서 할 일이지요. 지금 문제는 저희가 어떻게 움직여야 하느냐 입니다. 이대로 침묵을 유지하며 저들의 정체를 숨길 수도 있지만, 두 세력에 정보를 공개하는 방법도 있습니다. 전자는 철저한 준비를 함으로서 혈교 놈들의 뒤통수를 칠 수 있을 뿐더러, 천하일통을 위한 걸음이 될 수 있을 것입니다. 후자는 큰 피해 없이 혈교를 막아 낼 수는 있을 것입니다만, 천하일통의 길에선 멀어지게 될 것입니다."

이 장로의 말에 모두들 고민이 되는 듯 고개를 끄덕인다.

황제의 간섭에 의해 강제로 싸움이 멈춘 이후 평화의 시대를 이어가며 그동안 큰 싸움이 없었다.

언제나 천하일통을 노리는 천마성으로선 그동안 답답함을 꽤나 느끼고 있었다.

그렇기에 이번이 좋은 기회가 될 수 있다고 생각하는 자들이 꽤나 많았다.

그때 삼 장로 혈영신투(血影神偸)가 자리에서 일어섰다.

"다들 마음으론 그냥 두고 보고 싶겠지만, 이번에는 다른 세력과 손을 잡아야 합니다. 이미 알고 계시겠지만 세외가 시끄러운데 그 중심에 혈교가 있는 것이 분명합니다. 신강에서 모습을 드러내며 본교의 추적을 가로막은 대막혈사풍의 경우를 떠올리면 더욱 쉬울 것입니다. 대막혈사풍 자체는 본성에 비교되지 않겠으나, 다른 세외 세력까지 힘을 보탠다면 결코 쉬운 상대가 아닙니다."

"혈교가 세외를 움직일 것이라 생각하는 것인가?"

"전 그렇게 생각하고 있습니다. 비선들을 세외로 보내 정보를 수집하고 있는 중이라 확실한 정보는 없습니다만, 지금까지의 움직임과는 확연히 다른 것은 확실합니다. 특히 서장 무림의 움직임이 이상합니다."

"서장이라……."

얼굴을 찡그리는 패마.

중원의 무인들은 서장 무림을 격하하는 경우가 많았지만, 실제로는 절대 무시 할 수 없는 힘을 가진 것이 바로 그들이었다.

빠른 속도로 성장하고 있을 뿐만 아니라, 중원 무림의 강자들과 비교해도 손색이 없을 무인들이 배출되고 있는 것이다.

"서장에서 주목해야 할 문파는 어디가 있지?"

"서장 최강의 문파로 군림하고 있는 포달랍궁과 대뢰음사, 천룡사가 있습니다. 그 외에 대뢰음사에서 갈라져 나온 소뢰음사가 있으나, 아직 규모가 크지 않은 것으로 알고 있습니다."

"얼마나 된 정보지?"

"반년 정도입니다."

"혈교가 움직였다면 세력 구도에 움직임이 있을 수도 있겠군."

"그리 생각하고 있습니다. 조만간 비선에게서 연락이 올 터이니, 확실히 알 수 있을 것 같습니다."

삼 장로의 말에 패마는 고개를 끄덕이며 자리에서 일어섰다.

"오늘 회의는 여기까지 하도록 하지. 그리고 탁골문에 대한 지원은 소궁주의 뜻대로 진행하게."

"명!"

들숨과 날숨을 규칙적으로 행하며 가부좌를 틀고 앉은 도현의 눈은 떠질지 모른다.

자리를 틀고 앉은 지 한 시진이 흘렀음에도 불구하고 도현의 움직임은 변하지 않았다.

　깊이, 깊이 빠져든 것이다.

　이전 싸움에서 얻었던 것들을 차곡차곡 자신의 것으로 완벽하게 만들어가고 있는 도현이었다.

　강자와의 싸움은 언제나 많은 것을 얻는다.

　특히 경험이 모자란 도현에겐 이런 경험이 피와 살이 되는 귀중한 것들이었다.

　다른 사람들보다 뒤늦게 무공을 익히기 시작했지만, 내공으로는 누구에게도 뒤지지 않으며, 기의 운용에 있어서도 악의의 안배에 의해 최고 수준이었다.

　여기에 천하제일로 꼽히는 패마의 진전을 잇고 있는 도현이다.

　모자란 경험만 쌓는다면 차후엔 사부인 패마를 뛰어넘을 수도 있었다.

　패마의 대에 천하일통을 이루지 못한다 하더라도 도현의 대에선 성공 할 수 있을 것이라 생각하는 자들까지 있을 정도로 천마성 무인들이 도현에게 거는 기대가 아주 높았다.

　도현 역시 그런 것을 모르는 것이 아니기에 하루하루 최선을 다했다.

　"후우……."

긴 숨을 내쉬며 눈을 뜨는 도현.

성으로 돌아온 뒤 곧장 깨달은 것들을 자신의 것으로 완전히 만들기 위해 수련에 매달렸는데, 이제야 끝을 본 것이다.

"아직 모자란 것이 너무 많아."

머리를 저으며 자리에서 일어나는 도현.

이번 싸움으로 인해 많은 것을 얻었지만, 아직도 다른 사람과 비교하면 갈 길이 멀었음을 도현은 잘 알고 있었다.

그래도 이번에 얻은 것은 결코 적지 않았다.

힘의 배분과 내공의 흐름이 어떻게 이어져야 하는 것인지 깨달은 데다, 어떤 초식이 어디에서 유용한 것인지도 다시 한 번 파악 할 수 있었다.

꾸욱.

주먹을 쥐자 강한 힘이 느껴진다.

겉으로는 평소와 다를 것이 없어 보이지만 기의 흐름은 전혀 달랐다.

좀더 세밀하게 움직이고 있는 것이다.

"흠…… 좀 더 시간을 두고 봐야 하겠군."

손을 털며 자리를 벗어난 도현은 가볍게 몸을 씻은 뒤 사부인 패마의 집무실로 향했다.

찾아오라는 전갈을 받았기 때문이다.

"부르셨습니까, 사부님."

도현의 인사에 패마는 고개를 끄덕이며 도현과 마주 앉았다.

"그래, 진전은 좀 있더냐."

"꽤 많은 것을 얻을 수 있었습니다. 그리고 아직 제자가 많이 모자라다는 것 역시 깨달을 수 있었습니다."

"자신을 안다는 것은 중요한 일이다. 쉼 없이 정진해야 할 것이다."

패마의 말에 도현은 고개를 끄덕인다.

"그보다 널 보고자 한 것은 중원엘 좀 다녀와야 할 것 같구나."

"중원엘 말입니까?"

"아직 회의에서 결정이 나진 않았지만, 곧 사황성과 백도맹에 이번 일과 관련된 정보를 전달하게 될 것이다. 오랜 시간동안 몸을 숨겨온 놈들이니 만큼 어떤 준비를 했는지 알 수 없으니 우리도 준비를 해두는 것이 좋겠지."

"음…… 적잖은 소음이 발생될 겁니다."

정확하게 핵심을 찌르는 도현.

강자존의 법칙을 따르며 개인의 강함을 추구하는 천마성 무인들은 자존심이 강하다.

그런 그들이 다른 세력과 손을 잡는다는 것에 적잖은 거부감을 가지게 될 것은 불 보듯 뻔한 일이다.

아무리 패마의 명령이라 하더라도 말이다.

패마 역시 그런 점을 잘 알고 있었다.

"당장 나부터 그리 마음에 들지 않는 일이니 어쩔 수 없겠지. 하지만 혈교의 일이니 만큼 결코 소홀히 할 수는 없다. 그만큼 놈들은 위험한 놈들이니."

"역시 가장 위험한 것은 혈교의 사술과 강시겠군요."

"그래. 혈강시를 만들었다는 것은 다른 강시들 역시 만들었다는 것일 테지. 보고를 보니 이번에 나타난 혈강시는 완성된 것이 아닌 듯 하더구나. 완성된 혈강시는 최소 절정에 이른 고수가 아니라면 쉬이 상대 할 수 없는 괴물들이니."

"그렇게나 강한 겁니까?"

깜짝 놀라는 도현.

그날 도현이 본 혈강시들은 강하긴 했지만 상대하지 못할 정도로 대단한 물건은 아니었기 때문이다.

하지만 진짜 혈강시를 상대해 본 적이 있는 패마로선 혈강시의 무서움을 누구보다 잘 알고 있었다.

"어지간한 검으론 놈들을 벨 수 없는데다, 목을 벨 때까지는 쉬지 않고 움직이는 놈들이니 상대하기 어려울 수밖에. 게다가 완성된 혈강시는 생전의 움직임을 그대로 재연할 수 있음이니, 어찌 두렵지 않겠느냐. 물론 본성의 힘이라면 혈강시의 수가 아무리 많아도 상대 할 수 있겠지만, 사황성과 백도맹까지 그럴 것이라 생각 할 수는 없는 것이겠지."

"저들 역시 무림의 패자로 자처하는 곳이니 충분히 버틸 수 있지 않겠습니까?"

도현의 물음은 당연한 것이었다.

현 무림을 삼분하고 있는 세력들이니 만큼 아무리 혈교가 설친다 하더라도 쉬이 무너지지 않을 것이었다.

"백도맹이야 파사의 기운을 가지고 있는 놈들이 있으니 괜찮겠지만, 사황성은 쉽게 혈교의 먹이가 될 것이야. 혈교의 능력이 십분 발휘 되는 놈들이 사파이니."

"허면 결국 저들에게 대비할 시간을 주기 위해 제가 중원으로 가야 하는 것이로군요."

그 말에 패마는 고개를 끄덕이며 자리에서 일어섰다.

"이번 기회에 놈들에게 빚을 지워두는 것도 나쁘지 않은 일이겠지. 게다가 혈교가 모습을 드러낸다면 좋든 싫든 무림의 균형은 깨어지게 될 것이다. 아무리 준비를 한다 하더라도 꽤 많은 피해가 발생하겠지."

패기를 물씬 뿜어내는 패마.

"때가 되면 본성 역시 칼을 뽑아 들게 될 것이다. 중원 무림을 향해서."

패마는 기회를 노리고 있었다.

혈교를 사황성과 백도맹의 손을 빌어 처리하고, 균형이 무너진 중원 무림을 집어 삼킬 생각인 것이다.

처음부터 뒷짐을 지고 있을 수도 있지만, 미리 저들에게 혈교의 행적을 알려주는 것으로 천마성은 사람들의 비난을 피할 수 있게 된다.

무림을 일통하는데 있어 가장 걸림돌이 될 황실의 견제를 피해 갈 수 있는 좋은 방패가 되어 줄 터다.

혈교의 등장으로 피폐해진 무림을 안정시키기 위해서라는 명분이라면 결코 황실도 쉬이 움직이지 못할 터다.

일단 중원 무림을 일통하고 난다면 제 아무리 황제라 하더라도 지난번처럼 무림에 간섭을 할 수 없게 되리라.

"제가 중원으로 가서 해야 할 일은 무엇입니까?"

도현의 물음에 패마는 몸을 돌려 도현을 바라보며 말했다.

"용봉지회를 다시 개최해라. 그리고 그곳에서 혈교에 대한 정보를 조용히 풀어 놓아라. 자연스럽게 놈들에 대한 정보가 흘러들어 갈 수 있도록. 그 사이 본성에서도 공식적으로 혈교에 대한 정보를 전달할 것이다."

"위에서 혈교에 대한 정보를 감출 수 없도록 하라는 말씀이시로군요."

"그래. 너라면 알아서 잘 할 수 있을 것이라 생각한다."

강한 신뢰의 눈빛을 보내는 패마를 보며 도현은 자리에서 일어나 고개를 숙였다.

"최선을 다하도록 하겠습니다."

天魔飛上

2章.

2章.

"용봉지회?"

"네. 초대장이 날아왔습니다. 주최는 천마성의 소궁주로 되어 있습니다."

"오라버니가?"

깜짝 놀라며 몸을 돌리는 소진의 모습을 보며 비연은 작게 한숨을 내쉰다.

천도현과 관련된 소식만 되면 눈을 크게 뜨고 집중하는 그녀의 모습을 하루 이틀 본 것도 아니지만, 볼 때마다 절로 한숨이 나온다.

다른 사람도 아니고 검각의 검후가 천마성의 소궁주를 좋아한다는 것은 결코 좋은 일이 아니었다.

'그렇다고 말릴 수도 없고.'

비연의 입장에선 외부로 발설을 할 수도 없는 일이었다.

마음속 깊이부터 검후인 소진을 믿고 따르는 그녀이기에 소진을 배신하는 일을 할 수 없었던 것이다.

게다가 저렇게 좋아하는 소진의 모습을 보면 다른 사람들에게 말하고 싶은 마음도 싹 사라진다.

검후를 호위해 밖으로 다녀온 검각의 제자들에 대해선이미 비연이 알아서 입단속을 시켜 놓았다.

검각주나 장로들이 알았다간 당장 어떤 이야기가 나올지 알 수 없었으니까.

"그래서 언제 열리는 거야?"

눈을 빛내며 물어오는 소진을 보며 비연은 웃으며 그녀에게 초대장을 건네주었다.

"다음달 중순이니, 한달 정도 여유가 있는 셈이에요. 장소는 이전과 같이 무한이구요."

"하긴 중원 각지에서 모이려면 충분한 시간이 필요하니."

고개를 끄덕이며 납득한 소진은 비연을 대동한 채 자신의 방으로 향한다.

"열흘 정도 있다가 출발하면 대충 맞겠지?"

"넉넉하죠. 다른 사람도 아니고 마룡(魔龍)이 주도해서 개최하는 것이니 초대 받은 사람들 대부분이 모이겠죠."

"마룡?"

처음 듣는다는 눈을 하며 비연에게 시선을 주는 소진.

"그분을 칭하는 별호예요. 이런저런 이야기가 있었지만 지금에 와서는 마룡으로 굳어지는 분위기예요. 그만큼의 능력을 보이기도 했으니……."

"와……!"

놀랍다는 듯 눈을 크게 뜨는 소진.

무림의 활동이 그리 많지 않음에도 불구하고 별호에 용(龍)이 들어갈 정도라면 많은 이들에게 그만큼 인정을 받았다는 이야기다.

자신도 모르게 절로 가슴이 뿌듯해지는 소진이다.

"아…… 빨리 봤으면 좋겠다!"

눈을 반짝이며 말하는 소진을 보며 비연은 쓰게 웃었다.

그리고 이번 기회에 그동안 하지 않았던 이야기를 하기로 마음먹었다.

머릿속으로 이야기를 정리하는 동안 소진의 방에 도착할 수 있었고, 주변에 아무도 없다는 것을 확인한 비연이 자리에 앉으며 조심스레 입을 열었다.

"조용히 하고 싶은 이야기가 있는데."

작게 들려오는 그녀의 목소리에 소진은 어렵지 않게 주변에 기막을 펼쳤다.

자신이 검후가 된 이후 밖이 아닌 검각 안에서 만큼은

예의를 차려온 비연이 이렇게 말을 할 정도라면 자신에게 중요하게 할 말이 있다는 것이기에 소진 역시 자세를 바로 잡았다.

"기막을 쳤으니 밖으로 이야기가 흘러나가지 않을 거야."

"고마워. 다른 게 아니라…… 조심스럽긴 하지만 그를 만나는 것을 자제하는 것이 어때? 네 마음을 모르는 것은 아니지만, 그와 우리는 하나가 될 수 없다는 것을 너도 잘 알고 있잖아."

비연의 입에서 흘러나오는 이야기에 소진의 얼굴이 굳어진다.

소진이라고 해서 그런 사실을 모르는 것이 아니었다.

그저 최대한 뒤로 미루고 싶었을 뿐이었다.

"일부러 모른 척하고 있었던 건데……."

"미안해. 하지만 이젠 반드시 짚고 나가야 할 문제라고 생각했어. 본각의 힘이 점차 커지고 있는 상황이니 조만간 윗분들의 귀에 들어갈 수도 있는 일이니까."

"그래…… 그렇네."

쓰게 웃는 소진.

"모르는 척…… 하는 건 안 되겠지?"

"내가 모르는 척하더라도 결국 알게 될 거야. 방금도 말했지만 본각의 힘이 커질수록 중원에서 받아들이는 정보

역시 점차 많아질 테니까. 아무리 네가 검후라 하더라도 이 부분에 있어서만큼은 어쩔 수 없을 거야."

"그래, 그렇겠지."

"게다가 알겠지만…… 검각의 여인은 검각을 벗어나기 전에는 혼인이 금지되어 있으니까."

자신이 말하면서도 비연은 쓰게 웃는다.

오직 무공에만 평생을 받치기에 평범한 여인들처럼 사랑을 하고, 아이를 낳고 기르는 것은 엄히 금지되어 있는 검각이다.

사실 이 규칙이 너무나 엄하여 그동안 개정을 하려는 움직임이 없었던 것은 아니다.

하지만 결국 실패로 끝이 났는데, 이유는 간단했다.

아이를 낳는 순간 그 실력이 현저하게 떨어졌기 때문이었다.

부모로서의 책임감과 힘은 크게 상승했으나, 무인으로서의 실력은 비교 할 수 없을 만큼 떨어졌다.

아이를 품고, 낳고, 몸을 회복하는 그 기간 동안 몸이 변하며 실력을 유지하지 못하게 만들었던 것이다.

그렇게 검각의 여인들은 모든 무공을 버리고 검각을 나서기 전까지는 평범한 여인으로서의 삶을 살 수 없었다.

지금에 이르러 이 규칙은 검각의 뿌리와 같은 역할을 하고 있었기에 누구하나 반대하는 사람이 없었다.

물론 종종 아쉬워하는 이들이 없는 것은 아니었지만, 무공을 몰랐다면 모를까 이미 무공을 익힌 무인이기에 그녀들은 어머니라는 이름보다 무인으로서 살기를 더 바라고 있었다.

　소진이나 비연 역시 그런 사실을 잘 알고 있었다.

　"정말 안 되는 걸까? 난 무인이 되기보다 평범한 삶을 살고 싶었는데."

　"알아. 어릴 때부터 무공을 익히기 싫어했으니까. 밖으로 나갈 수 있다는 말이 아니었다면 끝까지 무공을 익히지 않았었겠지."

　"맞아. 그리고 무공을 익히는 동안 내가 검후가 되어서 다들 밖으로, 자유롭게 움직이게 하고 싶었어."

　소진의 말에 비연은 빙긋 웃으며 고개를 끄덕인다. 오래전 소진이 두각을 드러내며 자신과 했던 이야기였기 때문이다.

　"다시…… 오라버니를 만났으면 좋겠다는 생각은 하고 있었지만, 정말로 다시 볼 수 있을지는 나도 몰랐어. 그런데 다시 만나고 나니 멈출 수가 없어."

　툭.

　손을 심장에 가져다 대자 두근거림이 기분 좋게 느껴진다.

　"나도 이해 할 수 없을 정도로 강하게 원하고 있어. 그리고 매일 꿈꾸고 있어. 오라버니와의 평범한 생활을."

"소진아!"

"내가…… 검후를 그만두면 뒤를 이을 사람이 있을까?"

처연하도록 안타까운 얼굴로 눈물을 흘리는 소진을 보며 비연은 아무 말도 할 수 없었다.

그저 지켜보는 것 이외엔.

●

"재미있게 됐군."

초청장을 받아든 사내가 내용을 읽은 뒤 웃는다.

그리곤 곧 그것을 가지고 어디론 가로 향했는데, 화려하기 그지없는 복도를 지나 도착한 방문 앞.

"접니다."

"들어와."

문을 열고 들어가자 복도보다 훨씬 더 사치스러운 장식들이 가득 들어차 있는 방이 모습을 보인다.

창가 쪽에 마련되어 있는 화려한 책상 위에 엉덩이를 걸터앉은 채 사내를 바라보는 남자.

백도맹주의 넷째 제자인 제갈강이었다.

"무슨 일이야, 네가 이곳으로 다 오고?"

히죽거리며 웃는 제갈강에서 초대장을 건네며 사내, 낙월은 말했다.

"도련님의 뒤처리를 하다보니 정신이 있어야지요. 이제 막 정리가 끝나 돌아왔더니, 재미있는 일이 또 생겼더군요."

"재미있는 일?"

고개를 갸웃거리며 초대장을 받아 읽은 제갈강의 얼굴에 웃음이 가득 들어찬다.

"그래, 확실히 재미있는 일이로군. 마도 놈들이 용봉지회를 개최하다니, 세상 참 좋아졌어."

"도련님처럼 멍청한 사람도 높은 자리에 있는데, 마도 놈들이 설치고 다니는 것은 어찌보면 당연한 일이라 볼 수 있지요."

"크크큭! 낙월 네가 아닌 다른 사람이 그런 말을 했다면, 당장 베어버렸을 거다."

낮게 웃으며 살기 가득한 눈으로 낙월을 바라보는 제갈강의 시선에도 그는 피식 웃으며 여유로운 움직임으로 한쪽에 있던 의자에 앉는다.

"제가 아니면 누가 도련님의 뒤를 처리하겠습니까? 멍청한 팽호연이? 하하하! 지나가던 개가 차라리 믿음직스럽겠지요."

"흥! 그러니 그따위 말투에도 널 살려두는 것이다."

사실인 듯 어느새 그의 몸에서 살기가 사라져 있었다.

"그보다 이걸 어떻게 하는 게 좋을까? 당장 생각나는 건 아무도 참석 못하게 막아서 체면을 엉망으로 만드는 것인데. 그러면 재미가 없겠지?"

"그 머리로 생각한다고 고생했지만, 좋은 생각은 아니죠. 놈이 무슨 생각으로 용봉지회를 개최했는지는 알 수 없으나, 용봉지회라는 자리가 도련님에게도 기회가 된다는 것은 부정 할 수 없는 사실이니까요."

"흠…… 좋은 생각 없나?"

자연스럽게 낙월에게 의견을 묻는 제갈강.

누구도 알지 못하는 비밀.

제갈강이 저지르는 각종 사고들을 낙월은 조용히 처리할 뿐더러, 때론 제갈강의 머리로서 많은 것들을 지시하곤 했는데 신기할 정도로 정확하여 지금에 이르러선 제갈강 스스로도 모르는 사이 그에게 많은 것을 의지하고 있을 정도였다.

그렇기에 낙월이 자신의 성질을 계속 건드리는데도 쉽게 손을 대지 못하는 것이다.

"이번에는 많은 이들을 격려하여 참석하는 것이 좋을 겁니다. 그리 함으로서 나름 좋은 소리를 들을 수 있을 겁니다. 뿐만 아니라 가서 입을 잘 놀리면 꽤 쓸만한 놈들을 끌어 들일 수 있겠지요. 그렇게 끌어들인 자들은 차후 도련님의 강력한 지지 기반이 될 겁니다."

"그걸 누가 몰라? 내가 하는 말은 어떻게 하면 놈을 망신줄 수 있는 것인지 묻고 있는 거야."

차가운 제갈강의 시선에 낙월은 피식 웃으며 자리에서 일어섰다.

"무슨 방법이 있겠습니까? 놈은 천마성의 정식 후계이지만 도련님은 여럿 후보들 중 하나일 뿐입니다. 아직까지는 말입니다."

"쳇!"

혀를 차는 제갈강을 보며 낙월은 빙긋 웃었다.

"일단 가서 생각해 보도록 하지요. 지금과 같은 시기에 그들이 용봉지회를 개최했다는 것은 좋든 싫든 뭔가 있다는 것이니."

낙월의 웃음을 보며 제갈강은 순간 움찔했지만 곧 고개를 끄덕이며 책상에서 내려왔다.

"좋아! 일단은 가서 놈을 망신시킬 방법을 찾아보자고."

◑

용봉지회를 개최하기 위해 도현이 신경 써야 하는 것은 의외로 많았다.

날짜를 정하고 장소와 먹을 것들을 준비하는 것에서부터 용봉지회에 참석할 사람들을 간추려 초대장을 발송하는 것까지.

하나 같이 도현의 손을 거쳐야만 하는 것이었다.

천마성의 소궁주로서 행하는 일이니 만큼 단단히 신경을 써야만 했다. 다른 자들에게 얕보일 순 없는 일이었으니.

이번 일을 위해 외성의 만금상단이 움직이고 있었으며, 그 뒤를 천하전장이 든든히 받쳐주고 있었다.

천마성의 살림을 돌보는 두 곳답게 도현이 원하는 것은 그것이 무엇이든 간에 발 빠르게 움직여 확보했고, 덕분에 만족스럽게 용봉지회의 준비가 이루어져가고 있었다.

하지만 가장 중요한 것은 역시 초대장을 받을 사람이었다.

용봉지회라는 이름에 걸맞을 만큼 젊어야 하며, 미래를 이끌어갈 무인들이니 실력도 있어야 한다.

천하 무림에서 고르고 골라 뽑아내야 하니, 어마어마한 작업이지 않을 수 없었다.

"옛날 용봉지회가 이렇게 큰 규모였던가?"

서류에서 눈을 떼지 않고 말하는 도현을 향해 옆에서 보좌를 하고 있던 우혁이 무표정한 얼굴로 답했다.

"이전 용봉지회가 대규모로 열린 탓입니다. 여기에 삼분된 무림의 상황 역시 무시 할 수 없습니다."

"알아 나도. 그저 좀 귀찮아져서 말이야."

쓰게 웃으며 높이 쌓인 서류들 손으로 두드려 보이는 도현.

용봉지회에 어울릴만한 젊은 무인들에 대한 서류였다.

이번 용봉지회는 적당히 구색만 맞추어 부른 인원이 많았기에 이번에도 그 정도로 맞추려 했지만, 곧 생각을 바꾼 것이 도현 본인이었다.

기왕 개최를 하는 이상 쓸만한 자들을 추려보기로 마음먹은 것이다.

어차피 지금부터 두각을 드러내는 이들이라면 미래 자신과 싸울 수도 있는 자들이 아닌가.

기왕 판을 벌리는 것이라면 그들을 만나보고 얼굴과 성격을 확인해 볼 셈인 것이다.

뿐만 아니라 자신에 의해 초대된 자들은 자신이 어디에 몸을 두었든 도현에게 호감을 가질 것이 분명했다.

"역시 일을 너무 크게 벌리는 것이 아니었나?"

"잘 하고 계십니다, 소궁주께선."

"끄응……."

신음을 흘리며 우혁을 바라보는 도현.

둘만 있는 자리임에도 불구하고 전혀 변하지 않는 우직한 친구를 보면 답답하다가도 움직여야 할 때가 되면 누구보다 믿을 수 있는 것이 바로 우혁이었다.

"둘밖에 없는 자리에선 편하게 말하라니까."

"소궁주님께 어찌 그러겠습니까."

"전에는 사부님 제자라서 안 된다며."

"그렇습니다."

"그래, 그래. 널 하루 이틀 본 것도 아니고."

손을 휘저으며 다시 서류로 시선을 주던 도현의 눈에 재미있는 대목이 들어왔다.

"무흔독검(無痕毒劍) 이상윤?"

"운남 출신으로 사문은 알려져 있지 않으나 독을 사용하는데 있어 후기지수들 중 제일이라 알려져 있습니다. 특히 언제 독을 사용한 것인지 알 수 없는데다, 이후에도 흔적을 찾아 볼 수 없어 무흔독검이란 이름이 붙은 것으로 알고 있습니다."

"뭐야, 알고 있는 사람이야?"

우혁의 자세한 설명에 놀란 듯 도현이 바라보자 우혁은 당연하다는 듯 고개를 끄덕인다.

"미리 읽었습니다. 소궁주께서 보시기 전 쓸모없는 자들을 추려낼 목적이었습니다."

"이것보다 더 많은 서류를 읽었다고?"

"예."

"……할 말이 없다. 내가."

지금 봐도 엄청난 양의 서류인데 우혁은 이것보다 더 많은 양을 봤단다.

다른 사람도 아니고 우혁이니 거짓은 아닐 테다.

게다가 자신의 물음에 정확하게 답변을 한다는 것은 자신에게 올라온 서류의 내용을 대부분 외웠다는 것이다.

"뭐, 좋아. 출신을 알 수 없다고?"

"현재로선 알려진 것이 없습니다. 운남 출신이라는 것도 그가 운남쪽에서부터 이름을 떨치기 시작했기에 추정하는 것일 뿐이지 확실하지는 않습니다."

"그래도 일단 성향은 이쪽이라는 거네?"

"겉보기로는 그렇습니다. 강함을 추구하는 것과 운남에서 올라오며 들리는 곳마다 유명한 문파에 들러 비무를 신청하는 것은 꽤 유명한 이야기 입니다."

"근래에는 드문 녀석이네."

"예. 본성에서도 주시를 하고 있을 정돕니다."

성에서 주시를 하고 있다는 말에 도현은 놀란 듯 눈을 크게 뜬다.

그 말은 곧 천마성에 끌어들이기 위해 움직이고 있다는 것과 같은 말이니까.

"마공을 익히지 않은 이상 본성에 들어올 순 없을 텐데?"

"그것이 좀 기묘한데, 마공을 익히고 있는 것 같다고 합니다."

"있는 것 같다니? 불확실하다는 소리야?"

"예. 분명 마기가 흐르는 것 같긴 하나 쉬이 짐작할 수 없을 정도로 극소량이고, 직접적으로 검을 겨룬 자들도 확실한 판단을 내리지 못하고 있었습니다."

"흠……."

다시 서류로 눈을 돌리는 도현.

도현이 재미있다고 생각했던 것이 바로 이 부분이었다.

마공을 익힌 것 같으나, 확인이 되지 않았다는.

마인은 쉽게 마인을 알아본다.

아니, 마인이 아니더라도 누구든 쉽게 마인을 알아 볼
수 있다.

마공을 익힌 자들에게선 누구하나 예외 없이 마기가 흐
르기 때문이다.

물론 경지에 이르면 마기를 감출 수도 있지만, 그것도
마인이라면 쉽게 알아 낼 수 있다.

상대의 마기에 자연스럽게 자신의 마기가 반응을 하곤
하니까.

"좋아. 초대장을 보내보자. 내 눈으로 직접 확인해보고
싶어졌어."

"알겠습니다."

슥슥.

우혁이 손에 들고 있던 서류에 무흔독검의 이름이 쓴다.

벌써 백 명 가량의 이름이 빼곡히 들어 차 있는 중이지
만, 아직도 도현이 봐야 하는 서류는 많이 남아 있었다.

고르고 고른 153명에게 용봉지회의 초대장이 발송되고 며칠 뒤 도현이 천마성을 나섰다.

호위를 위해 마검대 3개조와 지옥수라대가 동원되었고, 도현을 중심으로 도우혁, 마광호, 단리한, 예미영과 천마성에서 두각을 드러내고 있는 후기지수들 십여 명과 함께 움직였다.

본래 도현과 우혁들만이 움직일 예정이었지만 천마성 후기지수들에게도 더 넓은 세상을 보여주는 것이 좋다는 장로들의 의견을 수렴하여 인원이 늘어나게 된 것이다.

"출발!"

도현의 외침과 함께 천마성의 정문이 열리고 이백이 넘는 일행이 움직이기 시작했다.

天魔飛土 3章.

3 章.

　이번 용봉지회에 사용될 객잔은 이전과 마찬가지로 만
화각이었는데, 이전과 다른 것이 있다면 아예 만금상단에
서 만화각을 거금에 인수했다는 것이었다.

　겉으로는 만금상단에서 지속적인 성장이 이루어지고 있
는 무한에 새로운 가게를 내는 것이었지만, 실제로는 이번
용봉지회를 성공적으로 치루기 위한 방편이었다.

　"생각보다 개조가 빠르게 됐네?"

　만화각은 이전과 상당히 달라져 있었다.

　주변 건물을 매입하여 그 규모가 상당히 커졌을 뿐만 아
니라, 내부적으로도 이전과 비교 할 수 없을 만큼 화려해
졌다.

만금상단의 속내를 모르는 사람들은 완전히 달라진 만화각을 보며 과연 만금상단이라 고개를 끄덕인다.

그만큼 엄청난 돈이 들어갔을 뿐만 아니라, 더욱 호화로워져 있었던 것이다.

이 정도 시설이면 굳이 무한뿐만 아니라 성 전체를 털어도 쉬이 찾아보기 어려울 정도였다.

아무리 용봉지회를 위함이라지만 과도한 지출이 아닌가, 하는 의문이 있었지만 곧 만화각이 위치한 지리적 이점과 주변에 고급 객잔이 많지 않다는 점을 들어 쉬이 지출이 이루어졌다.

당장은 많은 돈이 들어가지만 지리적 이점을 안고 있는 곳이니 오래 지나지 않아 본전을 회수 할 수 있을 것이란 기대가 있기 때문이었다.

아무리 도현이 천마성의 소궁주라 하더라도 그렇지 않았다면 어마어마한 돈을 들여 이곳을 사들일 순 없었을 터다.

"이 정도면 하룻밤 묵어가는데도 수십 냥은 들겠는데요?"

광호가 놀랍다는 듯 주변을 둘러보며 말하자 도현은 당연하다는 듯 고개를 끄덕이며 답했다.

"금자 한 냥이다. 제일 저렴한 방이."

"헉! 그렇게 비싸면 사람이 오겠습니까?"

도현의 말에 깜짝 놀라는 광호.

비단 광호뿐만 아니라 이야기를 듣고 있던 모두가 놀란다.

"돈이 있는 사람들은 남들과는 다른 것을 찾기 마련이야. 무한이 가지고 있는 지리적 이점과 여러 가지를 생각해보면 얼마 지나지 않아 방이 모자라게 될 걸?"

"아무리 그래도 그렇게까지야?"

고개를 갸웃거리며 이해하지 못하겠다는 광호에게 도현은 피식 웃으며 좀더 이야기를 해주었다.

"사람의 욕심은 끝이 없는데다, 본래 있는 사람들은 자신의 주머니에서 돈이 얼마나 나가는지도 몰라. 철저하게 있는 자들을 위해 새로이 만들어진 곳이니, 이곳에 들어오기 위해 돈을 벌려는 사람들까지 생길 거다. 당장 이해가 되지 않더라도 나중이 되면 알게 될 거야."

"전 좀 알 것 같은데요."

단리한은 도현의 말을 알아들었다는 듯 고개를 끄덕였지만 광호는 아직도 이해가 되지 않는 듯 고개를 흔들었다.

하지만 도현의 말처럼 두고 보면 알게 될 일이니 곧장 다른 곳으로 시선을 돌린다.

"각주."

"예, 소궁주님."

도현의 곁에 서 있던 중년인이 허리를 숙이며 답하자 도현은 준비 상황을 물었고, 그는 조심스레 준비한 것들을 이야기하기 시작했다.

준비는 순조로웠고 손님들을 맞을 준비 역시 마무리 단계였다.

"좋아. 마지막 점검을 해보지."

용봉지회 당일이 되자 만화각에는 무수히 많은 사람들로 북적인다.

천마성 무인들이 철저하게 초대장을 검사해 정식으로 초대를 받은 자만 안으로 들여보냈고, 간혹 호위를 위해 함께 온 자들은 따로 마련된 시설로 보냈다.

도현이 주최한 것이니 이곳의 호위 역시 천마성 무인들의 몫이었기에 대부분의 호위들은 순순히 이동을 했지만, 간혹 억지를 쓰는 이들이 있었다.

예를 들면 사황성과 백도맹 무인들 같은.

괜한 시비를 만들지 않기 위해 도현은 그들이 원하면 함께 경계를 서도록 지시했기에 큰 다툼 없이 사방 경계가 이루어졌다.

특히 혈교에 대해 알고 있는 도현들이기에 경계는 철통과도 같이 이루어졌다.

천마성의 후기들까지 합쳐 170여명에 이르는 대인원이 한 자리에 모으기 위해 특별히 만화각의 후원에 자리가 준비되었다.

날이 좋았기에 외부에서 모임을 하기에도 큰 문제가 없었고, 한 번에 많은 인원을 넉넉한 공간에서 움직이게 하기엔 더없이 좋은 장소였다.

"이번 모임을 주최한 천도현이라고 합니다. 긴말은 하지 않겠습니다. 차후 무림을 이끌어갈 여러분들을 위한 자리이니, 마음껏 먹고 마시기 바랍니다."

짝짝짝.

도현의 간단한 인사에 여기저기서 박수가 흘러나온다.

임시로 마련된 단상에서 도현이 내려오자 곧 악단이 올라가 가벼운 음악을 연주하기 시작했다.

"음악이 흐르니 이곳도 그리 나쁘지 않네요."

어느새 예미영이 작은 잔을 가지고 와 건네며 말하자 도현은 웃으며 잔을 받았다.

"여러모로 신경 썼으니까."

"다들 말은 하지 않지만, 마음에 들어 하는 분위기네요."

도현의 곁에서 말을 하면서도 연신 두 눈을 사방으로 굴리는 예미영.

천마성에 있는 동안 그녀는 철저하게 사부인 혈마음에

게 수련을 받는 통에 도현과 함께 할 시간이 그리 많지 않았다.

이번 용봉지회가 아니었다면 밖으로 나올 수도 없었을 테다.

평상시라면 도현과 함께 할 수 있는 시간이라며 좋아했겠지만 지금 그녀는 바짝 긴장을 한 채 주변을 둘러보고 있었는데, 그때 그녀의 눈에 한 사람이 들어왔다.

"역시 온 건가……."

작게 중얼거리는 예미영.

"오라버니!"

마치 기다리기라도 했다는 듯 손을 흔들며 빠른 걸음으로 도현에게 다가서는 한 여인.

소진이었다.

그녀의 뒤로 호위를 하며 서 있는 비연의 눈썹이 살짝 움직였지만 곧 무표정한 얼굴로 돌아간다.

비연의 입장에선 소진이 도현과 만남을 가지지 않았으면 했지만, 결국 그녀를 말릴 순 없었다.

소진이 다가오자 도현 역시 웃으며 그녀를 반겼다.

"오랜만이로구나."

"네. 그동안 오라버니는 유명해지셨네요? 마룡이란 멋들어진 별호도 생기고 말이에요."

"마룡? 내가?"

처음 듣는 이야기라는 듯 도현이 고개를 갸웃거리며 뒤를 보자 언제 온 것인지 우혁이 서 있었다.

"얼마 전부터 소궁주께 붙은 별호입니다. 몇 가지 다른 것도 있었습니다만, 이젠 마룡이란 별호로 굳어지는 것 같습니다."

"그래? 나쁜 기분은 아니네."

웃으며 고개를 끄덕인 도현은 소진을 이끌고 한쪽에 마련된 자리로 향했다.

"그동안 잘 지냈어요?"

"그럭저럭. 예전에 비해서 바쁘긴 하지만 그리 나쁘진 않아. 그건 너도 마찬가지인 것 같은데?"

"입장이 있으니까요."

그녀의 대답에 도현은 피식 웃었다.

천마성의 소궁주와 검각의 검후.

두 사람의 어깨에 올려진 것은 결코 가벼운 것이 아니었고, 그에 걸 맞는 일을 하기 위해 바쁘게 움직였다.

'무너진 검각의 이름을 알리기 위해 더 바쁘게 움직였겠지.'

내심 그렇게 생각하며 도현은 어느새 예미영이 가져다주는 찻잔을 들며 말했다.

"편하게 만날 수 있는 것도 이번이 마지막이겠지."

"아마도요."

쓰게 웃는 소진.

그녀도 도현도 서로의 입장을 잘 알고 있었다.

그동안이야 서로 잘 알려지지 않았었기에 큰 문제가 없었지만, 이젠 그렇지 않았다.

도현은 마룡으로 불리며 무림에서 유명해졌고, 소진 역시 검후로서 그 명성을 널리 알려가고 있는 것이다.

"그래도 네가 건강해 보여서 다행이다. 좋은 사람도 곁에 두고 있는 것 같고."

슬쩍 비연을 보며 말하는 도현.

"맞아요. 언제나 절 먼저 생각해주는 고마운 사람이에요. 오라버니도 주변에 좋은 분들이 많잖아요?"

"뭐, 그런 셈이지."

주절주절 큰 의미 없는 이야기들이 오가는 동안 도현의 눈이 주변을 살핀다.

천마성에서 함께 나섰던 무인들이 이곳저곳을 오가며 미리 의논한대로 혈교에 대한 이야기를 퍼트리고 있었다.

굳이 자신이 나서서 이야기하지 않더라도 저들을 이용하면 충분히 더 빠르고 확실하게 일을 처리 할 수 있을 것이란 도현의 예측이 정확했다.

사실 도현의 위치가 높다보니 쉽게 이야기 할 수 있는 대상이 그리 많지 않은 것도 이유의 하나였다.

"뭘 그렇게 봐요?"

고개를 갸웃거리며 자신을 바라보는 소진에게 도현은 고개를 흔들며 입을 열었다.

"혈교라는 단체에 대해 알고 있어?"

"혈교요? 혈교라면 분명…… 예전에 멸문한 곳으로 알고 있어요. 그 이전의 자료라면 본각에 남아 있기는 하겠지만, 그들이 멸문 했을 때는 본각이 문을 걸어 닫았을 때니까요."

당연한 이야기였다.

검각이 문을 닫으며 외부와의 연락도 차단이 되다보니 혈교에 대한 자료가 이제는 많이 남지 않아 있었다.

물론 검각이 문을 닫기 전의 자료라면 남아 있기야 하겠지만, 워낙 오래전의 자료다보니 굳이 찾아보기 전에는 쉬이 알기 어려웠다.

"한마디로 말해서 피에 미친놈들이지."

"오라버니가 말을 꺼냈다는 것은 멸문한 것이 아니었던 모양이로군요."

"그래. 우리도 멸문 한 줄 알았는데, 그게 아니더라고. 근래 무림의 뒤편에서 수작을 부리는 것이 놈들이야. 내가 놈들과 직접 부딪쳤으니 확실한 사실이고."

깜짝 놀라는 소진.

그녀 역시 듣는 귀가 있다보니 무림의 뒤에서 정체를 감추고 움직이고 있는 놈들이 있다는 사실을 들은 적이 있었다.

그렇지 않아도 정체를 알 수 없어 조심해야 할 놈들이었는데 그들의 정체가 혈교라는 것에 놀란 것이었다.

혈교에 대해 잘 모르는 소진은 놈들의 정체가 혈교라는 것보다 도현이 그들과 직접 부딪쳤다는 사실에 놀란 것이지만.

"몸은 괜찮아요?"

"괜찮아. 그보다 놈들에 대해 잘 모르는 눈치네?"

"본각의 정보력이 갖춰진지 오래되지 않았으니까요. 예전의 것들은 필요할 때 보는 게 좋다고 생각해서 한쪽에 밀어둬 버렸거든요. 특히 멸문한 곳이라면 더더욱."

검각으로선 당연한 판단일 것이었다.

그렇지 않아도 현 무림에 대한 정보를 모으고 분류하는 것만으로도 벅찬 상태였기에 과거의 기록까지 되짚어 보기엔 인력이 많이 모자랐던 것이다.

사실 도현도 직접 상대하지 않았다면 혈교가 부활했을 것이라고 생각지도 못했을 테니, 어찌 보면 당연한 일이라 할 수 있다.

"아까도 말했지만 놈들은 피에 미친놈들이야. 같은 마공이지만 우리는 개인의 수련을 통해 힘을 키우는 것을 선호하는데 반해 놈들은 사술을 바탕으로 힘을 키우는 놈들이지. 보통 사람의 피를 바탕으로 힘을 키우기 때문에 위험한 놈들이야. 오십년 전에 사부님께서 천마성을 일으키며 놈들을 없애버린 것으로 알았는데, 끈질기게도 살아남은 모양이야."

"그렇게 위험한가요?"

"현 무림에서 본성에 대한 판단이 어떻다고 생각해? 아무리 좋게 봐줘도 위험한 곳이라고 밖에 설명이 안 될 걸?"

"음…… 그렇긴 하죠."

고개를 끄덕이는 소진.

도현의 말처럼 아무리 좋게 생각하려고 해도 현 무림에서 천마성을 향해 내리는 판단은 화약고 그 이상이었다.

언제 터질지 모르는 위험한 곳인 것이다.

"그런 우리가 위험하다고 생각할 정도라면?"

"예?"

깜짝 놀라는 소진에게 도현은 주변을 둘러보며 말했다.

"이 자리 곳곳에서 혈교에 대한 이야기를 퍼트리고 있는 중이야. 뿐만 아니라 각 세력에 정식으로 혈교에 대한 이야기를 전달 할 거야. 지금쯤이면 소식이 들어갔겠지. 그만큼 혈교의 힘은 무시 할 수 없을 정도라는 거지. 게다가 무려 50년을 숨어서 힘을 길렀으니…… 뒤는 말하지 않아도 알겠지?"

"확실히 그렇게 듣고 보니 문제네요. 하지만 다르게 생각하면 현 무림을 삼분하고 있는 천마성, 사황성, 백도맹을 너무 쉽게 생각하고 있는 건 아닐까요?"

"절대 그렇지는 않을 거야. 사부님께서 말씀하시길 절대 확신이 없이는 움직이지 않을 놈들이라고 했으니까."

단호한 도현의 말에 소진은 더 이상 말을 할 수 없었다.

뿐만 아니라 혈교에 대한 이야기가 어느 정도 퍼진 것인지 이곳저곳이 소란스러워지고 있었는데, 크게 세 부류로 나뉘었다.

혈교를 쉽게 물리칠 수 있다고 생각하는 자와 무서운 놈들이 나타났다고 생각하는 자. 마지막으로 혈교에 대해 관심이 없는 자들.

이래저래 시끄러워지는 회장을 보며 도현이 자리에서 일어섰다.

"오늘은 이 정도로 하고 나중에 따로 보자."

"네."

웃으며 고개를 끄덕이는 소진을 뒤로하고 회장을 안정시키기 위해 도현이 움직이자 비연이 소진에게 말했다.

"어떻게 생각해?"

"뭘? 혈교?"

"응."

잠시 인상을 쓰며 생각을 하던 그녀가 천천히 입을 열었다.

"오라버니의 말대로라면 어려운 싸움이 될 거야. 그만

한 힘을 가진 자들이 아무 생각 없이 움직이지는 않을 테니까."

"본각도 준비를 해야 하겠네."

"그래야지. 혈교가 어떻게 되든…… 무림의 평화는 끝을 고하게 될 테니."

그 말을 끝으로 소진은 더 이상 입을 열지는 않았지만, 심각한 표정으로 자기 혼자만의 생각에 빠져 들었고 비연은 조용히 그녀의 곁에서 호위를 섰다.

으득!

이를 갈며 한곳을 바라보는 제갈강.

그의 눈이 바라보는 곳엔 다정하게 웃고 있는 도현과 소진이 있었다.

"호, 저분이 도련님께서 관심 있어 하는 여자로군요. 과연 보이는 것만으로도 충분히 아름다워 보이는 것이 그동안 도련님이 만나온 것들과는 차원이 다르군요."

거침없이 말을 하는 낙월을 곁에 두고서도 제갈강은 두 사람에서 눈을 떼지 않았다.

제갈강의 신분이 신분인지라 많은 이들이 인맥을 트기 위해 찾아왔지만, 현재 제갈강의 상태론 결코 다른 사람과 대화를 할 수 없었기에 낙월이 나서서 다가서는 사람들을 밀어내고 있었다.

어차피 하루만으로 끝날 용봉지회가 아니다 보니 몸 상
태가 좋지 않으니 내일 다시 이야기하자고 하는 것만으로
도 충분히 물려낼 수 있었기에 큰 문제는 없었다.

"너무 그렇게 보지 마십시오. 다른 사람들이 눈치 챕니
다. 좋든 싫든 도련님의 위치를 망각해선 안 됩니다."

"으음……!"

결국 낙월의 말이 있고 나서야 그는 시선을 다른 곳으로
돌린다.

"저쪽이 그 유명한 마룡인 모양이로군요. 과연 실력이
있어 보입니다만……."

"방법을 찾아."

"예, 예. 누구 분부시라고요. 하지만…… 만만치 않은
상대가 될 것 같은 느낌이 드는 군요. 쉽게 해결이 될 것
같진 않습니다."

"잔말 말고 해. 반드시!"

이를 갈며 말하는 제갈강을 보며 낙월은 피식 웃을 뿐
더 이상 입을 열지 않았다.

하지만 낙월의 눈은 도현에게서 떨어지지 않고 있었다.

도현의 행동과 말투. 그 모든 것을 놓치지 않고 지켜보
고 있었다.

무심한 얼굴로 보고서를 읽는 아름다운 여인.

보기엔 너무나 아름답지만 그녀의 주변으로 눈에 띌 정
도로 흐르는 냉기는 결코 쉬이 접근할 수 없게 만든다.

거기에 신비한 은발은 굳이 그녀의 몸 주변에 흐르는 냉
기가 아니더라도 접근 할 수 없을 정도로 강렬한 무엇인가
가 있었다.

"준비된 것은?"

한참을 보고서를 읽던 그녀 빙설하의 물음에 어느새 그
녀의 앞에 부복을 한 사내가 모습을 드러낸다.

"대계에 쓰기 위해 마련한 동부가 하나 있습니다. 계획
이 폐기되며 사용되지 않은 곳입니다."

"위력은?"

"삼신 정도가 아니라면 살아나올 수 없습니다. 기관진
식은 물론이고 중심부에 많은 양의 화약을 묻어 두었습니
다."

수하의 보고에 빙설하는 여전히 보고서에서 눈을 떼지
않고 있다가 곧 결정을 내린 듯 명령을 내렸다.

"사용할 준비를 마치도록."

"예!"

"사형은?"

"폐관에 들어가신 이후 외부와의 접근이 완전히 차단된 것으로 알고 있습니다. 교주님께서 이르시길 최소 2년은 걸릴 것이라 하셨습니다."

보고에 빙설하는 고개를 끄덕이며 다시 명령했다.

"지휘는…… 내가 하는 것이 좋겠군. 동원할 수 있는 령주는?"

"현재 동원 가능한 것은 금령주 다섯, 은령주 둘, 동령주 넷입니다."

"금령주 하나, 은령주 둘, 동령주 넷을 동원하도록."

"명!"

스스슥!

나타날 때처럼 인기척도 없이 사라지는 사내.

팔랑.

그녀의 손에 쥐어져 있던 보고서가 책상 위에 놓인다.

"마룡인가."

작게 중얼거리는 그녀.

빙설하의 사형인 허독량은 이전 신강에서 일의 실패를 물어 폐관수련에 들어갔다.

겉으로는 질책성이지만 실제로는 스스로 자발적으로 무공 수련을 위해 폐관수련에 임한 것이었음으로, 그곳에서 나온다면 지금까지와 비교 할 수 없을 정도로 강해져 있을 것이 분명했다.

비록 계획은 실패했으나 스스로의 재능만 믿고 수련을 게을리 하던 그가 독하게 마음먹고 수련을 하기 시작했으니 사부인 혈교주로선 내심 흐뭇할 것이었다.

'예전부터 사부님께선 사형을 좋아하셨으니.'

겉으로 혈교주는 두 사람을 공평하게 대했지만 실제로는 허독량에게 더 많은 애정을 쏟고 있었다.

단순 무재만 두고 본다면 허독량보다 빙설하가 더 뛰어나지만 혈교를 이끌어가기 위해선 그녀보다 허독량이 더욱 적합했다.

아무리 강하다 하더라도 여인의 명령을 따를 사람은 그리 많지 않기 때문이다.

그런 편견을 깨기 위해 빙설하는 부단히 노력하고 있었다.

그 결과가 지금까지 주어진 임무의 실패율이 지독하게 낮다는 것이다.

어떤 어려운 일이라 하더라도 그녀는 결국 해내고야 마는 집요함과 뛰어난 통솔 능력을 보이며 혈교의 많은 이들에게 지지를 받았고, 지금에 이르러선 자신의 실력으로 허독량과 겨룰 수 있을 정도의 지지를 받고 있었다.

'사형을 완전히 밀어내기 위해선 폐관수련에 들어가 있는 지금 더 많은 공적을 쌓아야겠지. 그리고 때가 되면 나도 폐관에 들어가야 하겠어.'

공적을 쌓는 것도 일이지만 그보다 중요한 것은 결코 허독량에게 뒤지지 않는 실력을 지니는 것이다.

아무리 많은 이들에게 지지를 받아도 실력이 뒷받침 되지 않으면 안 될 이야기인 것이다.

"이번 일만 마치고 폐관에 들어가야겠어."

작게 중얼거리며 다시 다른 서류를 손에 든다.

"그래…… 기회가 왔다는 거지?"

허독량이 밖에서 들려오는 이야기에 웃는다.

폐관수련에 들어갔기에 철저하게 외부와 격리되어야 할 그이지만 수련실의 한쪽에 작은 통로가 뚫려 있었다.

사람이 드나들지는 못하지만 충분히 대화를 나눌 수 있을 정도의 그곳은 허독량 이외엔 누구도 모르는 것이었다.

"이번 기회에 그 년을 죽이는 것도 나쁘지 않겠지. 지휘를 직접 한다고 했나?"

"예. 천마성 소궁주를 끌어들이는 일인 만큼 직접 지휘를 할 생각인 모양입니다."

"큭큭, 내가 없는 동안 공적을 쌓으려고 하는 군."

벽 너머에서 들려오는 이야기에 허독량은 빙설하는 비웃으며 다시 말했다.

"몰래 빼돌린 화약이 얼마나 있지?"

"두 관 정도 됩니다."

"제법 되는군. 아끼지 말고 전부 써버려. 흔적도 없이 날려버려!"

"명!"

짧은 대답과 함께 벽 너머의 기척이 사라지자 허독량은 바닥에 떨어져 있던 돌을 들어 구멍을 막는다.

깜쪽 같이 사라진 구멍을 뒤로하고 한 곳으로 움직이는 그.

"흐흐흐, 그 계집만 없어진다면 교는 내 손에 들어오게 된다. 실력이 조금만 떨어졌어도 품에 안아 봤을 것을."

그의 눈에 순간 음심이 서렸다가 사라진다.

하긴 누구든 그녀의 외모를 본다면 욕심이 날 것이다.

허독량 역시 마찬가지였지만 그녀가 교주의 제자라는 것과 자신보다 뛰어난 무공 실력을 지니고 있기에 지금까지 손을 댈 수 없었다.

"아쉽긴 하지만 큰 것을 위해서라면 작은 것은 버릴 줄 알아야 하는 법이지. 게다가 그 놈까지 함께 쓸어버릴 수 있는 좋은 기회가 아닌가! 크하하하!"

크게 웃으며 그가 간 곳엔 벌거벗은 채 기절해 있는 소녀가 있었다.

"크크큭! 본좌의 대업에 참여 할 수 있다는 것을 영광으로 여기 거라."

쑤욱!

차가운 그의 손가락이 소녀의 머리를 파고든다.

◐

용봉지회 첫날부터 알려지기 시작한 혈교의 움직임에 대해 의견들이 분분했지만 공통적인 것은 혈교의 출현에 대해 부정하지 않는다는 것이었다.

그만큼 무림의 뒤편에서 수작을 부리는 자들이 있다는 것이 잘 알려졌다는 것이다.

게다가 비밀로 했다곤 하지만 발 없는 말을 잡을 수 없듯 사황성주와 백도맹주가 기습을 당했다는 것도 공공연한 비밀과 같은 이야기로 빠르게 퍼지는 중이었다.

"생각보다 쉽게 끝나겠는데."

용봉지회 마지막 날 회장을 한 바퀴 둘러보고 온 도현의 말에 우혁은 고개를 끄덕이며 밖에서 온 소식을 알려주었다.

"방금 두 세력에도 정보를 제공하는 것이 끝났다고 합니다. 이곳까지 소식을 전하는 데도 시간이 걸리니, 지금쯤이면 각 세력에서 진실 여부와 함께 대책 회의를 소집하고 있을 겁니다."

"그렇겠지. 혈교에 대해 조금만 알고 있다면 쉽게 볼 수 없는 놈들이라는 것을 알 수 있을 테니까. 문제는 과연 사황성과 백도맹이 그들을 상대 할 수 있느냐는 것인데……
뭐, 우리랑은 상관없는 이야기지."

"그렇지요. 혈교에 대해 알려주는 것도 그저 명분을 위
한 것일 뿐이니까요."

무표정한 우혁의 말에 도현은 피식 웃으며 자리에 앉
았다.

그러자 예미영이 어느 사이 준비한 것인지 차를 내온다.

"고마워."

"별 말씀을요."

웃으며 고개를 숙이며 자연스럽게 도현의 곁에 앉는
그녀.

매번 그래왔기에 도현 역시 당연하게 생각하고 있었는
데, 갑작스레 날아드는 주변의 시선에 눈을 돌린다.

과연 그녀의 미모에 빠져든 사내들이 자신을 노려보고
있었다.

비록 천마성의 인물이라곤 하지만 그것을 무시 할 수
있을 정도로 예미영은 뛰어난 미모와 몸매를 자랑하고 있
었다.

얼굴을 드러내지 않는 소진과 비연을 제외한다면 용봉
지회 안에서도 손에 꼽을 미녀인 것이다.

예미영 이외에도 뛰어난 미모를 지닌 여인들이 많았지
만 그럼에도 이렇게나 주목을 받는 것은 역시 그녀의 육감

적인 몸매 때문일 것이다.

최대한 예의를 차린다고 화려한 옷을 입고 노출을 최대
한 가렸음에도 불구하고 그녀의 커다란 가슴을 쉬이 가릴
수 없는 것이었으니.

"과연 무기 수준의 가슴을 달고 있어서 그런지 사내들
의 시선이 집중되네요."

웃으며 다가와선 도현의 맞은편에 앉는 소진의 말에 예
미영 역시 웃으며 받아친다.

"호호호. 칭찬 고마워요. 검후께선 이런 기분 평생 느낄
수 없을 것 같지만요."

"호호호. 이거 벗어 볼까요?"

"호호호."

"호호호."

기계적으로 울리는 두 사람의 웃음소리가 무섭다.

분명 웃고 있는데도 두 눈은 너무나 차갑다.

호로록.

이런 여인들 사이에서 태연하게 차를 마시는 도현.

문제의 주범임에도 불구하고 아무렇지 않은 듯 행동하
는 도현의 모습에 뒤에서 보고 있던 우혁 마저도 이건 아
니라는 듯 작게 고개를 흔든다.

그리고 보면 무표정한 얼굴에 감정도 외부로 드러내지
않는 그가 마도이화 중의 한 사람과 식을 올렸다는 것도

참 신기한 일이다.

그냥두면 평생을 노려보며 싸울 것 같은 모습에 작은 한숨과 함께 분위기를 바꾼 것은 소진의 뒤에 서 있던 비연이었다.

"소궁주님께선 혈교 무인들과 직접 싸우셨다고 들었습니다. 그들에 대한 정보를 들을 수 있을까요?"

그녀의 정중한 요청에 소진과 예미영은 다툼을 끝내고 도현에게 시선을 준다.

천마성의 입장으론 혈교의 등장을 알리는 것만으로도 충분히 할 일을 한 셈이기에, 이외에 다른 것들은 꽤 감추고 있는 것이 많았다.

예를 들면 혈강시라던가 말이다.

그렇기에 도현은 잠시 그녀의 요청에 고민을 하다 소진의 얼굴을 보곤 흔쾌히 고개를 끄덕였다.

혈교가 움직이게 되면 검각에서도 움직이게 될 테고, 결국 소진이 놈들과 싸우게 될 테니 적당한 정보를 주어도 될 것이라 생각한 것이다.

"좋아. 단! 다른 누구에게도 정보를 넘기지 않는다는 조건이야. 괜찮겠지?"

"예!"

즉시 대답하는 소진.

남들에게 이야기 할 수 없더라도 미리 적의 전력을 알 수 있다는 것은 큰 힘이 된다.

"너희 입장에서 설명을 하라고 한다면 꽤 힘든 싸움이 될 거야. 아니, 너희뿐만 아니라 중원 문파들 대부분이 그러하겠지."

"그 정도로 강하나요?"

"음…… 뭐, 압도적인 강함은 없지만 나쁘지는 않지."

"감이 안 잡히는데요."

얼굴을 찌푸리며 고개를 흔드는 소진.

면사가 가로 막고 있지만 그 뒤의 모습이 자연스럽게 연상된다. 그에 웃으며 도현이 재차 입을 열었다.

"당시 나와 함께 움직인 것은 마검대였어. 그것도 검마(劍魔) 장로님을 포함해서."

"……!"

그제야 깜짝 놀라는 그녀들.

천마성 최강의 무력부대로 평가 받고 있는 마검대다.

거기에 천마성 일장로 검마가 함께 움직였다는 것은 천마성 전력의 삼 할이 움직인 것과 크게 다르지 않았다.

"그만한 전력을 가지고서도 도망친 놈들이 있을 정도야. 게다가 아직 완성되지 않았던 물건도 있고. 다음번엔 완성해서 가져 올 것이 분명하니…… 결코 쉽지 않은 상대가 되겠지."

"완성되지 않은 물건이요?"

"그래. 네게는 미안하지만 이 이상은 나도 이야기해 줄 수 없어. 다만, 무서운 물건인 것만은 확실해. 검각으로 돌아가면 혈교에 대한 자료를 찾아보는 게 좋을 거야. 그러면 내 말이 무슨 뜻인지 알 수 있을 테니까. 명심해. 누구에게도 이 이야기를 꺼내면 안 된다는 것을."

정색을 하며 이야기하는 도현은 보며 소진과 비연은 고개를 끄덕였다.

천마성의 소궁주인 도현이 저리 이야기를 할 정도라면 정말 중요한 이야기라는 것이기 때문이었다.

소진이 아니었다면 결코 도현은 입을 열지 않았을 것이다.

"자…… 슬슬 용봉지회를 끝내볼까?"

밤이 깊어지고 있었기에 삼일을 끌어온 용봉지회를 끝내야 할 때였다.

그렇게 자리에서 일어섰을 때 회장이 술렁이기 시작했다.

"무슨 일이지?"

술렁이는 회장을 보며 고개를 갸웃거리는 도현에게 광호가 황급히 뛰어와 이야기했다.

"싸움이 났습니다."

쉬쉭!

가볍게 휘두르는 것임에도 검의 날카로움이 절로 느껴진다.

"네놈의 심장을 도려내 주마."

날카롭게 기세를 올리며 천천히 자세를 잡아가는 사내.

사황성의 후기지수들 중에서도 비사검(飛蛇劍)이라 불리며 종잡을 수 없는 쾌검을 자랑하는 자였다.

게다가 잔인한 성격을 지니고 있어 한번 싸움을 시작하면 상대를 죽일 때까지 결코 멈추지 않는 것으로도 유명했는데, 그런 그가 점찍은 상대는 무흔독검(無痕毒劍)이었다.

용봉지회를 개최하며 도현이 눈여겨보았던 사람들 중 하나인 것이다.

낡은 흑의이지만 깨끗하게 빨아 입은 것인지 먼지하나 없는 옷과 아무렇게나 자란 머리를 낡은 천으로 질끈 동여맸다.

손에 들린 검은 무척 오래된 것처럼 보였지만 예기를 잃지 않은 것이 정성을 들여 관리를 한 것이 분명해 보였다.

하지만 무엇보다 눈에 띄는 것은 무표정한 그의 얼굴이었다.

조금의 감정도 밖으로 드러나지 않는.

"우혁이 너하고 판박이가 또 있을 줄은 몰랐다?"

무흔독검을 보며 도현이 말하자 뒤에 서 있던 우혁의 눈썹이 살짝 움직이지만 그뿐이다.

오히려 그 말에 웃은 것은 광호들이었다.

"아하하하! 그리 듣고 보니 그렇게 보이는 데요? 세상에 우혁 형님과 닮은 사람이 또 있을 줄이야."

"음…… 저분도 찌르면 붉은 피가 흐를까요?"

"푸하하핫!"

자신들끼리 웃으며 떠드는 광호들을 뒤로하고 도현은 무흔독검에서 눈을 떼지 않았다.

보면 볼수록 보고서와 많은 차이가 있었다.

'역시 사람은 직접 보고 볼 일이야. 이거 마음에 드는데?'

씩.

미소를 짓는 도현.

단순한 보고서만으로도 마음에 들었었는데, 직접 보니 더욱 마음에 들고 있었다.

이런 상황만 아니라면 개인적인 친분을 나누고 싶을 정도로.

그러는 사이 두 사람의 신형이 움직였다.

카캉!

요란한 소리와 함께 빠르게 원을 그리며 움직이는 두 사람.

갑작스런 싸움임에도 불구하고 회장에 들어섰던 사람들은 구경을 하기 위해 충분한 공간을 확보해 주었기에 두 사람이 움직이는 데에 걸리는 것은 없었다.

빠른 공방을 펼치는 두 사람을 보며 자리에 있는 무인들 중 몇몇이 환호성을 지른다.

이번 용봉지회를 개최한 도현의 입장으로선 자신의 체면을 위해서라도 싸움을 말려야 하지만 아직 움직이지 않았다.

'잠깐 실력을 확인해 볼까?'

무흔독검에 대한 호기심이 앞선 것이다.

둘의 싸움을 말리는 것은 언제든 가능하지만 그의 실력을 확인해 볼 수 있는 기회는 많지 않을 것이란 것이 도현의 생각이었다.

과연 두 사람의 명성답게 치열한 싸움이 벌어졌다.

특히 비사검은 그 별호답게 집요한 면이 있었는데, 줄기차게 무흔독검의 목을 노리고 있었다.

게다가 집요함과는 별개로 연신 시야를 어지럽히며 움직이는 그의 검은 진짜 뱀이 살아 움직이는 듯한 착각을 일으킨다.

과연 사황성에서도 손에 꼽는 후기지수 다운 실력이었다.

그에 반해 무흔독검의 움직임은 수수하기 짝이 없었다.

상대의 공격이 날아들면 자신의 검을 들어 막아내고, 한 발 내딛으며 찔러 들어오면 반대로 한발 뒤로 물러선다.

방어에 치중한 모습이지만 도현은 그리 생각지 않았다.

상대의 공격을 정확하게 읽지 않으면 공격을 막아내고, 그에 맞춰 발을 움직이는 것이 가능할리 없는 것이다.

자리에 한 많은 이들이 겉모습만 보고 비사검의 승리를 점치고 있었지만, 도현은 반대로 무흔독검이 이길 것이라 생각했다.

도현뿐만 아니라 제법 실력이 되는 이들 몇몇은 무흔독검이 이길 것이라 조심스레 점치고 있었다.

특히 비사검은 자신의 장기를 마음 것 들어내며 검을 휘두르고 있는데 반해 무흔독검은 아직 감추고 있는 독아(毒牙)를 드러내지 않고 있었다.

'독을 주로 쓰는데도 흔적이 남지 않는다는 것은 그만큼 은밀하게 하독(下毒)한다는 것인데……'

도현의 눈이 그의 검이 아닌 빈손 동작에 주목한다.

비사검의 공격을 막아내기 위해 그의 검은 빠르게 움직이고 있었지만, 검을 들지 않은 왼손은 완전히 비어 있었다.

스슥.

그때 기묘한 동작이 눈에 들어온다.

쉴 틈 없이 움직이는 와중 그의 왼손이 조금씩 움직이고 있었다.

집중하고 보고 있지 않았다면 결코 알 수 없었을 동작이다.

단순히 엄지로 손가락을 문지를 뿐이니까.

하지만 그 작은 동작이 하독을 위한 작업임을 도현은 눈치 챌 수 있었다.

'저 작은 동작으로? 대단한데! 공격에 집중하고 있는 상대로선 결코 눈치 챌 수 없겠는데? 과연 무흔이라 불릴 만하군.'

그의 하독을 눈치 챈 것은 도현만이 아니었다.

도현의 곁에 선 일행들 모두가 보고 있었다.

"대단하네. 저런 상황에서 움직이니 눈치 챌 리가 있나."

"그러게 말입니다. 제가 상대였다 하더라도 눈치 챌 수 없었겠는데요?"

단리한이 머리를 긁적이며 말하자 광호는 자신도 마찬가지라는 듯 손을 휘젓는다.

"떨어져서 보고 있으니 알 수 있었던 것이지, 직접 싸우는 상대가 되었다면 나도 눈치 챌 수 없었을 거야. 우리 중에 그걸 알아차릴 사람은…… 소궁주님이나 우혁 형님 밖에 없을 걸?"

"하긴 형님이나 저나 실력은 비슷하죠."

"뭣이?!"

단리한의 도발에 발끈하는 광호.

하지만 딱히 거짓도 아니었다.

요 근래 정보수집에 그가 열을 올리며 수련에 잠시 게을리 하는 동안 단리한은 폐관수련까지하며 자신의 실력을 높였던 것이다.

덕분에 비무를 시작하면 동수로 끝나는 일이 잦아졌었다.

"이번에 돌아가면 폐관에 들어간다! 제길! 네놈을 가만두지 않으리!"

과장된 몸동작으로 말하는 광호를 보며 단리한이 웃는다.

마광호가 마음먹고 수련을 한다면 지금의 경지는 쉬이 뛰어넘어, 자신은 상대가 될 수 없다는 것을 단리한도 잘 알고 있었다.

자신보다 훨씬 뛰어난 재능을 지니고 있는 것이 그인데다, 익히고 있는 무공의 역량도 다른 것이다.

오히려 복잡하기까지 한 정보를 처리하면서 지금의 실력을 유지하고 있는 것에 단리한은 마광호를 존경하고 있었다.

그렇게 두 사람이 떠드는 사이 도현은 슬슬 움직일 준비를 했다.

무흔독검이 어떤 종류의 독을 풀었는지 알 수 없기에 이쯤에서 슬슬 끝내야하는 것이다.

자신의 주최로 열린 용봉지회에서 사상자가 나온다면 두고두고 다른 사람들의 입에 오를 내릴 테니까.

카카캉!

강하게 내려치는 비사검의 검을 무흔독검이 받아치는 순간 두 사람 간에 거리가 생겼고, 도현은 그 틈을 놓치지 않았다.

"거기까지!"

파팟!

짧고 강하게 외치며 두 사람의 사이에 난입한 도현이 어느새 둘의 검을 손으로 밀어내고 있었다.

검면을 부드럽게 감싸며 밀어내었기에 두 사람은 뒤로 밀려난다.

아무렇지 않은 듯 한 행동이지만 그 안에 실린 내공의 양은 엄청난 것이라 쉬이 버티기 어려웠던 것이다.

"좋은 날 거기까지 하는 것이 좋지 않을까 하는데? 이견 있나?"

양쪽을 번갈아보며 말하는 도현.

그의 몸에서 어느새 진득한 마기가 피어오른다.

몸을 압박해오는 마기에 비사검은 이를 갈더니 짧게 검을 집어넣었고, 때를 맞춰 무흔독검 역시 검을 넣었다.

다른 사람도 아니고 천마성의 소궁주가 나선 일이니 그의 체면을 생각해서라도 멈춰야 했다.

"오늘은 소궁주님의 체면을 생각해 이쯤 하겠지만 다음 번엔 반드시 죽여주마."

살기를 일으키며 말하는 비사검을 보며 무흔독검은 말 없이 몸을 돌린다.

ー 위험한 독(毒)은 아닌 모양이로군.

갑작스레 날아든 전음에 움직임을 잠시 멈추지만 그는 작게 고개를 끄덕이곤 자리를 벗어난다.

그 모습이 더욱 마음에 드는 듯 웃으며 도현은 손뼉을 쳤다.

짝!

"시간도 늦었고 이쯤해서 이번 용봉지회는 마칠까 합니다. 충분히 뜻있는 시간이 되셨길 바랍니다."

짧은 인사와 함께 용봉지회가 막을 내렸다.

天魔花士 4章.

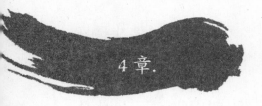

4 章.

"공교로운데."

"혈교의 장난질이 또 시작된 걸까요?"

광호의 물음에 도현은 고개를 흔들었다.

"놈들의 장난이라고 단정 지을 수는 없지만, 그렇다고 의심하지 않을 수도 없지. 용봉지회가 끝나는 날에 맞춰서 이런 소문이 돈다면 더더욱 말이야."

"그러니 더 의심해야 하는 것 아니겠습니까? 지난 번 무황총의 일도 그렇고 말입니다."

"흐음…… 그렇긴 하지만 물건이 물건이다 보니 문제가 되는 것이지."

용봉지회가 끝난 다음 날 도현들은 곧장 복귀를 준비했

지만 결과적으로 그 자리에서 며칠을 더 머물러야 했다.

기묘한 소문 하나 때문이었다.

전진(全眞)의 기물이 나타났다는.

전진파는 무려 삼백년 전 돌연 사라진 곳으로, 사라지기 전까지만 하더라도 중원 제일의 도문으로서 이름이 드높던 곳이었다.

도문으로선 이름이 드높았지만 무림에선 무당이나 화산, 곤륜, 청성 등에 밀리고 있었는데 그 이유는 그들이 무공보다는 술법(術法)에 능했기 때문이었다.

무림에선 무당 등이 흥했으나 일반 백성들에겐 도문은 곧 전진과 같다는 소리를 들을 정도로 많은 이들에게 지지를 받는 것이 전진파였다.

그럴 수밖에 없는 것이 무림인이 일반인들에게 도움이 되는 경우는 극히 드물지만 전진의 술법으로 만들어진 부적 따위는 즉시 효과를 발휘했던 것이다.

어쨌거나 도문으로서 이름이 높았던 전진은 수많은 술법과 진법들을 남겼고, 그들이 왜 하루아침에 사라진 것인지에 대해선 의견이 분분했지만 누구도 알 수 없었다.

마치 안개와 같이 전진의 인물들 전부가 사라져 버렸으니까.

건물도 물건도 전부 그대로였지만 전진의 사람과 그들의 술법이 기록된 책들은 하나도 남김없이 사라졌었다.

그렇게 전진파의 맥이 끊어진지 삼백년이다.

지금과 같이 미묘한 시기에 전진의 기물에 대한 소문이 도니 의심부터 하고 보는 것이 당연했다.

특히 무황총 사건이 있었으니 더더욱 의심할 수밖에 없다.

"어떤 물건인지는 이야기도 없지?"

"예. 그래서 다들 의심하는 분위기입니다."

"그렇겠지. 아무리 욕심이 많아도 그 정도로 당했는데 또 당할 사람은 그리 많지 않겠지."

당연한 이야기였다.

소문은 돌지만 물건의 정체는 확실하지 않다.

여기에 무황총 사건까지 있으니 쉬이 접근하기 어려울 수밖에 없었다.

무황총 사건으로 인해 얼마나 많은 피해가 있었던가.

물건의 실체가 확실하더라도 경계 할 수밖에 없는 상황이었다.

"물건이 진짜든 가짜든 이번 일에는 일체 신경 쓰지 않는다. 최단 거리로 성으로 복귀하는 것에만 신경 쓰자."

"예!"

도현의 말에 모두들 고개를 끄덕인다.

무황총에서의 일은 그저 많은 무인들이 몰려드는 것을 구경하기 위해서 움직였었지만, 이젠 그럴만한 이유가 없었다.

특히 마인인 이들에게 전진의 물건은 손에 들어온다 하더라도 큰 쓸모가 없었다. 기물에 힘을 기대기보단 자신의 힘을 더욱 믿는 이들이었으니까.

◑

햇불이 타오르며 어두운 동굴을 밝힌다.

동굴의 안쪽에 마련된 의자에 앉은 빙설하의 얼굴엔 조금의 변화도 없지만 그녀의 앞에 오체투지하고 있는 사내의 몸에선 연신 식은땀이 흐르고 있었다.

"무황총의 일 때문인지 사람들이 모여들지 않습니다. 게다가 비선의 보고에 따르면 목표물은 이미 복귀를 위해 움직이고 있다 합니다."

"미리…… 경고했었을 텐데?"

"죄, 죄송합니다!"

연신 고개를 땅에 찧으며 용서를 비는 사내를 보는 빙설하의 눈빛이 복잡해진다.

혈교에서 이곳으로 향하는 동안 분명 그녀는 명령을 통해 그들이 이곳으로 몰릴 수 있을 정도의 계획을 실행 할 것을 명령했었다.

　그러면서 무황총의 일이 있으니 각별히 유의하라 했건
만 자신의 주의사항을 잊어버리고 이런 일을 만들어 버린
것이다.

　'사형의 사람이로군.'

　그녀의 눈이 아직도 땅에 얼굴을 처박고 있는 사내를 향
한다.

　이번 계획을 세운 금령주로 그녀가 동원한 금령주가 아
닌 이번 계획을 진행하기 위해 임시로 동원한 자였다.

　금령주 정도 되는 자가 실수를 했다고 보기 힘들다.

　결국 사형의 사람으로서 자신의 계획을 망치기 위해 움
직인 것이 분명했다.

　'그렇다면…… 살려둘 순 없겠지.'

　"계획의 실패는 네 죽음으로 갚아라."

　"예?"

　퍽!

　그녀의 무심한 손짓에 사내의 머리가 수박처럼 터져나
간다.

　교에서도 금령주 정도 되면 강력한 힘을 발휘하는 능력
자이지만 그녀 앞에선 무력했다.

　"금령주."

　"하명하십시오."

작은 부름에 죽은 사내의 옆으로 모습을 드러내는 또 다른 사내.

"검후의 위치는?"

"무한에서 멀지 않은 곳에 있습니다."

"가지. 마룡에게 전령을 보내도록. 검후의 목숨을 살리고 싶다면 그곳으로 오라고."

"명을 따르겠습니다."

고개를 숙이며 사라지는 금령주.

빙설하 역시 의자에서 몸을 일으켜 천천히 밖으로 움직인다.

어차피 이번 일의 최종 목표는 천마성의 소궁주인 마룡 천도현이다.

그자를 없앰으로서 빙설하는 확고한 위치를 가질 수 있을 뿐더러, 사형의 일을 방해 할 수 있었다.

이미 보고서를 통해 검후와의 관계가 각별함을 알고 있는 그녀이기에 마룡을 끌어들이기 위한 멋진 미끼가 될 것이라 믿어 의심치 않았다.

다각다각.

천천히 말을 달리는 검각의 여인들 앞을 가로 막는 자들이 나타난 것은 무한을 떠난 지 삼일 째 되던 날이었다.

흑의를 입은 것도 모자라 흑면으로 얼굴을 가린 그들의

몸에서 풍기는 강렬한 살기와 마기에 그녀들은 긴장하지 않을 수 없었다.

"본각의 앞을 가로 막는 그대들은 누구인가!"

소진의 날카로운 외침에도 그들은 미동조차 없다.

아니, 오히려 인원이 늘어나며 순식간에 그녀들을 포위해 버렸다.

저벅 저벅.

가벼운 발소리와 함께 흑의인들 사이를 지나온 은발의 여인이 무표정한 얼굴로 소진을 바라보며 입을 연다.

"검후?"

"……누구냐?"

두근, 두근!

그녀의 등장과 함께 소진은 감당할 수 없을 정도로 세차게 뛰는 심장 고동을 느낀다.

동시 결코 이들을 뿌리 칠 수 없음을 깨달을 수 있었다.

분했지만 눈앞의 여인만 하더라도 자신과 대등한 수준이었고, 그 외의 자들은 함께 나온 이들이 감당하기엔 어려운 자들이었다.

- 길을 뚫을 테니 제자들을 데리고 피해!

- 뭐?! 너나 가!

갑작스런 소진의 전음에 비연은 움찔하면서도 재빨리 받아친다. 검후인 그녀가 이 자리에서 당한다면 검각으로선 큰 손실이었다.

아니, 자신들이야 누군가가 대체 할 수 있을 테지만 검후의 존재는 누구도 대체 할 수 없는 것이었다.

– 명령이야! 어떻게든 따라 갈 테니까, 가! 지금 바로!

말이 끝나기 무섭게 먼저 검을 뽑으며 몸을 날리는 소진!

그녀의 모습에 비연은 이를 악물며 외쳤다.

"따라와!"

말 등을 박차며 소진의 뒤를 따른다.

휘릭!

파바밧!

그녀의 검이 날카로운 궤적을 그릴 때마다 적의 수급이 떨어져 나간다.

사방으로 튀는 피.

눈 깜짝할 사이에 다섯 무인의 목을 날려버린 그녀는 멈추지 않고 앞으로 전진 한다.

그런 소진의 뒤를 바짝 따르는 검각의 여인들.

자비 없는 그녀들의 손속에 공격하던 자들이 멈칫하지만 잠시 뿐이었다.

죽음에 대한 두려움이 없는 듯 달려드는 그들에게 오히려 질리기 시작한 것은 소진들이었다.

"핫!"

기합과 함께 그녀의 검 위로 푸른 검기가 솟아오르더니 빠르게 사방을 훑고 지나간다.

쐐에에엑!

푸촥!

단숨에 적들을 뚫고 길이 열리자 재빨리 외치는 소진.

"뛰어!"

그녀의 말이 떨어지기 무섭게 비연을 필두로 한 검각 무인들이 빠른 속도로 포위를 벗어났고, 소진은 놈들의 발을 묶기 위해 빠르게 검을 휘둘렀다.

그 순간이었다.

쩌엉!

굉음과 함께 손이 아릿해지는 강렬한 충격에 소진의 발이 멈춘다.

"쫓아."

"명!"

빙설하였다.

그녀가 검후를 가로 막으며 수하들에게 명령을 내리자 일제히 검각 무인들의 뒤를 쫓아 움직이는 혈교의 무인들.

그들을 막기 위해 소진이 몸을 움직이려 하자 그녀의 앞을 가로막으며 예리하게 빙설하의 검이 날아든다.

쉭쉭!

경고였다는 듯 여유롭게 검을 바로 잡으며 빙설하의 시선이 소진을 향한다.

으득!

이를 악문 소진의 검이 움직인다.

카카캉!

거센 파도와 같이 힘 있으면서도 빠르게 몰아치는 그녀의 검을 빙설하는 태연하게 받아낸다.

뿐만 아니라 간간이 반격까지 하고 있었다.

검후로서 결코 부끄럽지 않은 실력을 지니고 있는 소진임에도 불구하고 빙설하에게 제대로 된 공격을 성공시키지 못하고 있었는데, 그만큼 빙설하의 실력이 대단하다는 뜻이었다.

"하앗!"

기합과 함께 내공을 크게 일으키자 소진의 검 위로 검기가 생성되기 시작했고, 빙설하 역시 뒤지지 않기 위해 검기를 일으킨다.

쩌정! 쩡!

두 여인의 싸움으로 인해 주변에 먼지가 피어오른다.

스스스.

두 여인의 발이 어지럽게 얽혀들고.

귀를 찌르는 소리가 연신 사방을 울린다.

먼저 간 비연들이 걱정되지만 결코 상대가 만만치 않음을 깨달은 소진은 전력을 다하기 시작했다.

지금 이 자리에서 눈앞의 여인을 쓰러트리지 못하면 결코 비연들을 도우러 갈 수 없음을 깨달은 것이다.

한편 빙설하 역시 속으로 놀라고 있었다.

실력에 있어선 꽤 자신이 있는 편이었음에도 검후 역시 자신에게 크게 밀리지 않았던 것이다. 아니, 미리 해놓은 준비가 아니었다면 벌써 자신을 압도하고 있을 것이 분명했다.

꿈틀.

일그러지는 눈썹.

검후보다 약하다는 것.

바로 그 점이 그녀의 기분을 상하게 하고 있었지만, 당장 해결 할 수 있는 방법이 없었다.

"쯧!"

짧게 혀를 차는 빙설하.

동시 그녀의 검이 크게 반원을 그리며 휘둘러진다.

스컥!

날카롭게 땅을 베고 지나가며 흔적을 남기고, 소진은 어느새 공격을 피해 뒤로 물러서 있었다.

"대단한 실력이야. 분하지만 나로선 검후를 상대 할 수 없겠어."

"그럼 길을 여실 건가요?"

소진의 물음에 빙설하는 천천히 고개를 내저었다.

"이번 계획엔 검후 당신이 꼭 필요해. 천사만환현환진 (天邪萬幻縣環陳)이라는 이름을 들어 본적 있나?"

"천사만환현환진?"

"지금부터 경험하게 될 거야."

빙설하의 말이 끝나기 무섭게 소진의 눈앞의 광경이 변하기 시작했다.

세상이 검붉어지고 존재 할 수 없는 괴물들이 자신을 향해 달려든다. 뿐만 아니라 어마어마한 살기가 소진을 뒤흔들고 있었다.

"꺄아아악!"

날카로운 비명과 함께 눈앞의 괴물들을 향해 검을 휘두르는 그녀.

한발 물러선 채 빙성하는 무표정한 얼굴로 검후의 움직임을 살핀다.

미리 이 일대에 천사만환현환진이라는 혈교 비장의 진법 중 하나를 펼쳐둔 것이다.

언제든 자신의 신호만 있으면 펼쳐질 수 있도록.

천사만환현환진의 가장 무서운 부분은 사람의 심리를 바닥에서부터 뒤흔든다는 것이었다.

진법 자체가 발하는 엄청난 살기와 눈을 어지럽히는 환

영에 결국 스스로 지쳐 쓰러지고 마는.

일단 진이 발동되고 난다면 외부에서 해지하지 않는 이상 결단코 벗어 날 수 없는 악마의 진법이 바로 이것이었다.

털썩!

결국 반 시진을 쉬지 않고 움직인 끝에 소진이 기절하며 쓰러지자, 빙설하는 진법을 해지했다.

"진법의 흔적을 완벽하게 지우도록."

"명! 놓친 검각의 계집들은 어찌 할 까요?"

"포기한다. 지금은 다른 쪽에 더 집중해야 할 때다."

"존명!"

☾

굳은 표정으로 말없이 말을 달리는 도현.

그런 도현의 뒤를 마검대가 뒤따른다.

이미 호북을 벗어났던 도현에게 소식이 날아든 것은 며칠 전의 일이었다.

소식을 듣자마자 도현은 우혁이 아이들을 이끌고 지옥수라대와 함께 돌아가게 만들었고, 자신은 마검대와 함께 다시 남하하고 있었다.

두두두!

쉬지 않고 빠르게 말을 달리는 도현.

미리 만금상단에 도움을 요청해 놓은 덕분인지 지친 말을 갈아타며 빠르게 움직일 수 있었다.

히잉!

거칠게 숨을 토해내는 말을 토닥이며 산의 초입에서 정상을 바라본다.

"함정일 확률이 높습니다. 아니, 십중팔구 함정일 겁니다."

검마대를 이끌고 있는 광혈검(狂血劍)의 말에 도현은 고개를 끄덕이며 말했다.

"알고 있지만 안갈 수 없다. 저곳에서 소진이 기다리고 있으니까."

"소궁주님께 소중한 분이라는 것은 알고 있으나, 냉정히 말해서 검후는 정파의 인물입니다. 정파의 인물을 구하기 위해 소궁주께서 위험에 처하셔서 선 안 됩니다. 소궁주님의 어깨위에 천마성의 모든 이들의 기대가 걸려 있다는 것을 알고 계시지 않습니까."

광혈검의 말에 도현은 대답하지 않았다.

그가 말하는 것이 무엇인지 왜 도현이라고 해서 모르겠는가.

자신의 어깨에 천마성의 미래가 걸려있다는 사실도 알고

있지만, 지금은 이렇게 움직일 수밖에 없었다.

"미안하지만 이번만큼은 누구도 날 말릴 수 없다. 정파의 사람이기 이전에 내 소중한 동생이다. 동생의 위험을 무시하는 사람을 과연 성의 무인들이 따를까? 난 이것이 옳은 일이라 생각한다."

"소궁주님……."

안타까운 듯 다시 도현을 불러보지만 변하지 않는 그의 얼굴에 광혈검은 한숨을 토해내며 검을 뽑아 들었다.

"알겠습니다. 하지만 최소한 저희가 앞장 설 것입니다. 그것만큼은 소궁주님의 명이 있더라도 양보 할 수 없습니다."

"고맙다."

도현의 말에 광혈검은 작게 웃어주곤 곧 수하들을 배치했다.

이번에 중원으로 나온 마검대원은 총 3개조, 30명이었다.

1개조가 도현을 중심으로 원을 그리며 보호하고 나섰고, 나머지 2개조는 전방의 수색과 원거리 경호를 담당했다.

준비가 끝난 도현들이 산을 오르기 시작했다.

"산을 오르기 시작했다는 전갈입니다."

수하의 보고에 빙설하는 고개를 끄덕이며 바위 위에서 몸을 일으킨다.

어느새 그녀의 주변으론 수백에 이르는 무인들이 빼곡하게 들어차 있었는데 누구하나 입을 열지 않고 그녀의 명령을 기다린다.

"위치로."

파바밧!

명령이 떨어지기 무섭게 빠르게 사라지는 무인들.

이미 계획에 대해 충분히 숙지를 한 이후였기에 빙설하의 명령이 떨어지자 거침없이 움직인다.

"인질은?"

"동부의 가장 깊은 곳에 놓고 왔습니다."

"그곳에 도착하기 전에 나머지를 떼놔."

"명!"

고개를 숙이며 사라지는 사내.

홀로 남자 빙설하는 잠시 하늘을 쳐다보곤 곧 몸을 돌렸다.

그녀의 앞에 거대한 동굴의 입구가 모습을 드러내고, 그곳으로 발걸음을 옮긴다.

서컥-!

날카로운 소리와 함께 검을 통해 전달되는 촉감이 상대

의 목을 베었음을 실감나게 해준다.

튀어 오르는 피가 얼굴을 적신다.

뜨거움이 고스란히 느껴지는 적의 피.

"크아악!"

"아악!"

비명소리가 뒤섞인 전장을 보며 도현은 얼굴에 묻은 피를 손으로 닦아낸다.

산을 오르기 시작함과 동시 모습을 드러낸 적들은 그 수가 얼마나 되는 것인지 끊임없이 공격해 왔다.

하나하나는 결코 마검대원들의 상대가 될 수 없는 놈들이지만 미리 설치해놓은 기관을 이용하는 통에 벌써 십여 명의 마검대원들이 죽임을 당했다.

물론 백이 넘는 자들의 목숨을 취하긴 했지만 결코 쉬운 상대가 아니었다.

'이제 중턱인가?'

"쯧!"

짧게 혀를 차며 다시 움직이려 할 때 어느새 다가온 광혈검이 도현의 움직임을 멈췄다.

"아직 힘을 아끼십시오. 적당히 몸을 푸는 수준에서 움직이시는 것이 좋습니다. 아직 적들은 많이 남았습니다."

온 몸에 피를 가득 묻히고 있는 광혈검의 말에 도현은 고개를 끄덕이며 검을 밀어 넣는다.

비록 약간의 희생이 있긴 했지만 그것은 기관이 준비되어 있는 줄 모르는 상황에서 벌어진 것이었고, 기관의 존재를 알고 나서부턴 희생자가 거의 나오지 않았다.

놈들이 준비한 것이 얼마나 많은지 알 수 없지만 충분히 이겨낼 만한 힘이 마검대에겐 있었다.

괜히 천마성 최강의 무력부대가 아닌 것이다.

실력, 경험 그 어떤 것도 떨어지지 않는 것이 바로 그들이다.

천마성에서 가장 오래된 무력부대 중 하나이기도 하기에 그들이 겪은 경험은 이루어 말할 수 없는 것들이었고, 지금 같은 상황 역시 예전의 경험으로 잘 파헤치고 있었다.

"길을 열어라!"

광혈검의 외침과 함께 마검대원들이 정상을 향해 달려간다.

정상에 도달 할 때쯤엔 마검대원의 숫자는 십여 명 밖에 남지 않았다.

3개조가 출발해서 이젠 1개조 밖에 남지 않게 된 것이다.

상황이 여의치 않기에 돌아갈 법도 하건만 도현은 묵묵히 정상으로 발걸음을 옮겼고, 마검대원들 역시 도현의 뒤를 따랐다.

뒤돌아가기엔 이미 늦은 것이다.

그렇게 정상에 오른 도현의 눈에 들어온 것은 거대한 동굴이었다.

"잠시 쉬었다가 들어가는 것이 좋을 것 같습니다."

광혈검의 말에 도현은 고개를 끄덕인다.

누구도 돌아가자는 소리를 하지 않는다. 그저 앞으로의 싸움을 대비해 약간의 휴식을 조용히 취할 뿐.

"가지."

도현의 말과 함께 짧은 휴식이 끝났고 어두운 동굴 안으로 몸을 밀어 넣는다.

함정이 도사릴 것이라 생각했던 동굴은 의외로 잠잠했다.

게다가 안으로 들어갈수록 친절하게도 횃불을 벽에 걸어 놓아, 크게 어둡지도 않았다.

기분 나쁠 정도로 조용하지만 오히려 그 때문에 일행의 신경이 날카롭게 곤두선다.

'누군지 모르겠지만 사람의 심리를 정확하게 꿰뚫고 있어. 이렇게 신경만 쓰고 있어도 체력이 금방 떨어질 테니.'

주변을 살피며 움직이던 도현의 발걸음이 돌연 멈춘다.

상대의 의도가 무엇인지 알 수 없지만 계속해서 장단을 맞추고 있을 수는 없다.

"잠시 쉬었다가 가지."

"위험하지 않겠습니까?"

"괜찮을 거다."

단호한 도현의 말에 광혈검은 고개를 끄덕이곤 자리에 앉아 휴식을 취한다.

모두들 자리에 앉아 휴식을 취하는 동안 도현은 앉아서 끊임없이 머리를 굴렸다.

누군지 알 수 없지만 상당히 머리를 잘 쓰는 놈이었다.

게다가 사람의 심리를 이용 할 줄도 안다.

밖에서의 싸움은 자신들의 숫자를 줄이기 위함도 있지만, 지금을 위한 포석일 터였다.

'그 많은 사람을 아무렇지 않게 버릴 수 있다니. 역시 혈교인가……'

혈교가 왜 자신을 끌어들이려는 것인지 조금이지만 감이 잡힌다.

원했던 것은 아니지만 그동안 혈교의 일을 빈번하게 막아섰던 것이 바로 자신이었다.

그렇기에 이번 기회에 자신을 제거하고자 이번 일을 벌인 것이 분명했다. 그렇지 않고서야 굳이 검후인 소진을 납치하면서까지 일을 벌이지 않았을 것이다.

'뿐만 아니라 놈들의 첩자가 용봉지회에 스며들었다는 것이겠지. 역시 붙어 있는 것을 거절해야 했던 건가.'

용봉지회가 열리는 내내 소진은 예미영과 함께 자신의 곁에 붙어 있었다.

처음엔 거절하려 했지만 떨어지지 않으려는 그녀의 행동에 설마 무슨 일이 있겠냐며 내버려뒀던 것이 화근이었다.

작은 방심이 지금의 일로 발전해 버린 것이다.

'내 실수로 인해 귀한 마검대 2개조를 잃어버린 건가.'

생각하면 할수록 입이 쓰다.

그러면서도 빠르게 용봉지회에 참석했던 자들의 얼굴과 내력을 떠올려본다.

수많은 이들 중에 혈교의 첩자로 판단되는 인물은 모두 셋이었다. 그리고 약간의 시간이 흐르자 한 사람으로 좁혀졌다.

'낙월이라는 자로군. 정체를 알 수 없는 자로 제갈강의 머리 역할을 하고 있다고 했었지. 무공 실력은 알 수 없으나 그의 존재로 인해 제갈강이 백도맹 안에서 두각을 드러냈다고 했으니…….'

아무리 생각해도 낙월 그 이외엔 혈교의 첩자가 없는 것처럼 보였다.

아니, 있다 하더라도 이번 일과 관련된 것은 그 밖에 없다.

용봉지회 내내 그가 자신을 보고 있다는 것은 알고 있었으니까.

당시엔 그가 제갈강의 머리이니 만큼 자신에 대해 많은

것을 알아두려 하는 것이라 생각했었다.

자리에 앉은 채 일각 쯤 휴식을 취한 뒤 도현들은 다시 앞으로 걸어가기 시작했다.

"으음……."

신음소리와 함께 소진이 눈을 떴을 때 자신의 앞에는 은발의 아름다운 미녀가 등을 보이고 서 있었다.

눈을 떴을 땐 상황 판단이 되지 않았지만 금세 자신이 왜 이곳에 있는 것인지 알 수 있었다.

왜냐하면 눈앞의 은발여인을 상대로 싸웠다가 패했기 때문이었다.

"정신을 차렸군."

무심히 뒤돌아서며 자신을 바라보는 그녀의 모습에 소진은 이를 악물었다.

눈앞의 상대가 뛰어난 미녀라거나 신비한 은발이라는 사실은 아무래도 좋았다.

"왜지?"

많은 것이 담겨있는 물음이다.

원한도 없는 상대가 자신을 공격했다. 여기까지는 무림의 생리상 그럴 수 있다곤 하지만, 자신을 죽이지 않고 알 수 없는 이곳까지 납치를 했다는 것은 도저히 이해 할 수 없는 일이었다.

"그를 끌어들이기 위해선 미끼가 필요했으니까."

"그? 설마!"

짧은 순간 떠오르는 한 사람.

"기뻐해. 널 위해 그가 이곳으로 오고 있으니까."

표정하나 변하지 않는 차가운 그녀의 말에 소진은 뭐라 말 할 수 없었다.

하지만 곧 이를 악물었다.

이 자리에서 혀를 깨물고 죽으면 좋겠지만 이미 도현이 이곳으로 오고 있다고 했다.

그렇다면 자신이 죽는다 하더라도 이미 늦은 것이다.

'혈을 짚어 놓은 건가?'

재빨리 몸 상태를 살피자 움직이는 것은 목 위의 머리뿐 이고, 나머지는 움직이지 않는다.

꿈틀거리는 소진을 보며 빙설하가 말했다.

"기대하는 것이 좋아. 같이 죽게 될 테니까."

툭.

가볍게 그녀의 손이 움직이자 꿈쩍도 할 수 없게 된 소진.

할 수 있는 것이라곤 눈을 움직이는 것 밖이었다.

스스스!

작은 기척과 함께 빙설하의 앞으로 수하가 모습을 드러 낸다.

"함정에 들어왔습니다."

"위치는?"

"중간쯤에서 휴식을 취하고 있는 것 같습니다."

"이런 곳에서 휴식을?"

눈을 빛내는 빙설하.

어지간한 배짱으론 지금 같은 상황에서 휴식을 취할 수 없다. 더욱이 함정일 것이 뻔한 동굴에서 말이다.

"준비는?"

"이미 완료되었습니다."

"기회를 놓치지 말아야 할 것이다."

"명!"

스스슥!

나타날 때 그러했든 조용히 사라진다.

빙설하의 차가운 시선이 이곳으로 올 수 있는 동굴의 입구를 향한다.

天魔飛上

5章.

5 章.

콰직!

발끝에서 느껴지는 기이한 감각을 애써 무시하며 시선을 돌리자 어느새 나타났던 적들을 처리하고 주변을 경계하고 있는 마검대원들이 보인다.

이제 겨우 일곱 밖에 남질 않은데다, 남은 자들도 상태가 좋지 않았지만 그들은 결코 멈추지 않았다.

그렇게 일각 여를 더 움직인 끝에 마침내 동굴의 끝에 도착 할 수 있었다.

좁고 음침하던 동굴을 벗어난 그곳은 꽤 큰 공동을 유지하고 있었는데, 벽을 따라 일정 간격으로 횃불이 걸려 있어 어디한 곳 밝지 않은 곳이 없었다.

그런 공동의 반대편 끝에 소진이 쓰러져 있었고, 그녀의 곁에 빙설하가 서 있었다.

그녀의 주변으로 이십에 달하는 수하들이 도현들의 등장과 함께 기세를 드높인다.

"초대에 응해줘서 고맙군요."

"혈교인가?"

길게 묻지도 않는다.

어차피 이곳까지 오는 동안 혈교 놈들의 짓이라고 확신하지 않았던가.

"알고 있다니 길게 말할 필요는 없어 보이는 군요."

아름답지만 차갑고 도도한 그녀의 말에 도현은 더 이상 시선을 그녀에게 주지 않고 옆의 소진에게 돌렸다.

혈이 짚인 것인지 미동도 하지 않는 소진.

다만 자유로운 눈만은 흔들리고 있었다.

"기다려. 곧 풀어 줄 테니."

"할 수 있다면 그리 되겠죠."

그 말을 끝으로 빙설하는 가볍게 손을 저었고, 기다렸다는 듯 흑의 복면인들이 달려 나간다.

지금까지도 꽤 강한 상대들이 있었지만 이곳까지 오는 동안 많은 타격을 입은 도현들이 상대하기 벅찰 정도의 상대들이 검을 휘둘러온다.

까강!

쩍!

시끄러울 정도로 울려대는 소음들.

금세 달아오르는 동부의 공기에 도현은 이를 악물며 검을 휘두른다.

그나마 가장 상태가 좋은 것이 바로 도현이었다.

'한발이라도 내가 많이 움직여야 한다.'

많은 희생을 치루었지만 더 이상의 희생을 막기 위해서라도 자신이 더 움직여야 했다.

여유가 있는 것은 자신 밖에 없기 때문이다.

방대한 내공을 바탕으로 힘 있는 기술을 연신 구사하는 도현에게 걸린 이들은 공격의 충격을 이기지 못하고 뒤로 물러선다.

그러면서도 치명적인 공격을 피하거나 흘려내고 있어 쉽게 숫자를 줄이지 못하고 있었다.

뒤에 선채로 모든 것을 보고 있던 빙설하는 마검대원들 몇이 또 다시 죽자 고개를 끄덕인다.

자신이 준비한 함정이 완벽함을 확신한 것이다.

제 아무리 천마성 최강의 무력무대라 하더라도 전부가 있는 것도 아니고 겨우 3개조다.

물론 겨우 3개조를 없애기 위해 어마어마한 희생을 치르긴 했지만 마검대이니 그럴만한 가치가 충분히 있었다.

더욱이 그 중의 하나는 천마성의 후계자이지 않은가.

'아직도 여력이 남은 건가? 무섭구나…… 이번에 처리하지 못하면 큰 낭패를 당할 수도 있었겠어.'

아직도 움직이는 도현을 보며 빙설하는 두려움이란 감정을 맛볼 수 있었다.

사부가 아닌 누구에게서도 느끼지 못했던 것.

그것도 힘이 아닌 상대의 미래를 떠올리는 것만으로 느껴지는 두려움은 결코 기분 좋은 것이 아니었다.

그러는 사이 마지막 마검대원이 죽임을 당했고, 빙설하의 수하 역시 남은 것은 겨우 일곱이었다.

"헉, 헉!"

거칠게 숨을 토해내며 검에 묻은 피를 털어내는 도현.

질린 기색으로 도현을 바라보면서도 결코 물러서지 않는 혈교의 무인들.

그들에게서 흐르는 혈기(血氣)가 동부 안을 진득하게 감싸지만, 도현은 조금의 불편함도 느끼지 못했다.

혈기 못지않은 마기(魔氣)가 그의 몸에서 강렬하게 뿜어나오고 있었다.

우우우!

점차 영역을 넓혀가는 마기.

질식할 듯 기의 충돌이 광범위하게 이루어지고 있을 때 빙설하가 명령을 내렸다.

"죽여."

파바밧!

명령이 떨어지기 무섭게 일제히 움직이는 그들!

도현을 중심으로 원을 그리며 합격진을 펼친다.

'사사혈환진(邪死血環陣)!'

몸 전체를 강하게 짓눌러오는 기세와 그들이 선 위치로 도현은 곧장 그들이 펼치는 합격진의 종류를 알 수 있었다.

천마성에 존재하는 거의 대부분의 서책을 잃은 도현이다.

그 중에는 혈교에 대한 것도 상당히 많았고, 사사혈환진은 서책에 기술되어 있던 합격진 중 하나였다.

과거 혈교의 무리들이 즐겨 사용했으며 그 위력 역시 만만치 않아 합격진의 실체를 알지 못하면 상당히 까다로운 상대였다.

하지만 반대로 사사혈환진이라는 것을 알고 있고, 그 파훼법을 알고 있다면 제 아무리 위력적인 합격진이라 하더라도 제 위력을 발휘 할 순 없다.

바로 지금처럼.

"합!"

짧은 기합성과 함께 아무도 없는 우측으로 찔러 들어가는 도현의 검!

낭비인 듯싶었지만 검이 뻗어가는 도중 그 자리에 혈교무인하나가 모습을 드러낸다.

쩌정!

갑작스런 상황이었음에도 잘도 막아내는 그.

허나 이 한수로 인해 사사혈환진이 단숨에 부서졌다.

사사혈환진 최대의 약점은 연환 공격이 끊어지면 그 위력을 잃어버린다는 것에 있었던 것이다.

당황하는 그들의 품으로 파고들며 빠르게 검을 휘두른다.

서컥-!

검을 통해 전해지는 서늘한 촉감과 함께 피가 튀어오른다.

'앞으로 여섯!'

쩡! 쩌정!

불꽃을 튀기며 어울 어지는 검.

체력은 한계에 이르렀고, 내공의 소모도 막대했지만 시간이 지날수록 정신은 또렷해지고 있었다.

뿐만 아니라 점차 몸의 움직임에서 불필요한 동작이 사라지기 시작했다.

최소한의 움직임으로 적을 제압한다.

절대적으로 불리한 이 상황에서조차 도현은 자신의 한계를 뛰어넘고 있었다.

오싹!

도현의 모습을 보며 빙설하는 다시 한번 공포심을 느꼈다.

결코 불리한 상황에서 놈은 빠른 속도로 발전하고 있었다. 결코 자신들의 상식으론 납득 할 수 없을 정도로 빠르게.

으득!

입술을 깨무는 빙설하.

투명한 피부 위로 붉은 피가 흘러내린다.

'이곳에서 반드시 처리해야 한다. 저자가 살아있는 한 본교의 위업은 결코 달성 할 수 없을 것이다.'

빠르게 판단을 내린 그녀는 아직 살아남은 수하들을 뒤로 하고 자리를 벗어나기로 마음먹었다.

어차피 놈을 죽이기 위한 가장 확실한 수단은 따로 있었던 것이다.

슥-.

조심스레 몸을 빼며 동부의 한 곳을 더듬는 그녀의 손.

턱.

조심스런 그녀의 손끝에 걸리는 무언가.

그것은 이곳을 탈출하기 위한 비상통로를 여는 장치였다.

꾸욱!

강하게 누른다.

"뭐?"

깜짝 놀라며 고개를 돌리는 그녀.

분명 전날 미리 동선을 확인할 때까지만 해도 작동되던 것이 지금은 되질 않았다.

그때였다.

쿠르르르……!

동부가 크게 흔들리며 지하 깊은 곳에서부터 굉음이 들려온다.

"이건……!"

차갑던 그녀의 표정이 일그러진다.

◑

"크크큭…… 크하하하!"

폐관수련실에서 미친 듯 광소를 터트리는 허독량.

누구도 보지 못하는 곳이니 만큼 그는 누구의 눈치도 보지 않고 크게 웃음을 터트렸다.

"멍청한 계집! 자신이 죽을 자리를 보고 움직였어야지."

한참을 웃은 그가 자세를 바로 잡는다.

빙설하가 자신에게 간자를 심어두었듯 그 역시 그녀의 수하들 중에 자신의 사람을 심어 놓았었다.

평소엔 연락조차 하지 않으며 완벽한 비수로 사용하기

위해 아껴놓았던 것인데 이런 최고의 한 수로 사용 될 줄
은 몰랐다.

"지금쯤 탈출로가 열리지 않아 당황하겠지. 그리고 곧
쾅! 크크큭! 크하하하!"

자리에 쓰러지며 배를 잡고 웃는 허독량.

그렇게 그는 한참을 자리에서 구르며 웃음을 터트렸다.

●

쿠르르르!

엄청난 진동과 함께 동부가 흔들리자 빙설하는 이를 악
물며 재빨리 상황을 판단했다.

'사형의 짓이다! 설마 이런 곳까지 그의 손길이! 남은 인
원은…… 넷!'

살아있는 자는 다섯이지만 부상을 크게 입은 한 사람이
있기에 그를 제외했다. 마치 기다렸다는 듯 그가 쓰러진다.

그 순간 빙설하는 바닥에 쓰러져 있던 검후를 동부의 입
구에 서있는 도현의 반대쪽을 향해 집어 던졌다!

"길을 열어라!"

파앗!

갑작스레 날아드는 소진을 붙들기 위해 도현은 이를 악
물고 몸을 날린다.

도현이 소진을 받아드는 순간 동부의 입구가 열리고 빙설하는 그 순간을 놓치지 않고 뛰어들었다.

파바밧!

"계획을 폐기한다. 탈출!"

"명!"

그녀의 명령이 떨어지기 무섭게 빙설하의 뒤를 따르는 혈교의 무인들.

쉬쉭!

어이없게 사라지는 그들을 보면서도 도현은 뒤를 따를 수 없었는데, 품에 안긴 소진 때문이었다.

쿠구구구!

"일단 탈출하고 보자."

당장 마혈을 풀어주고 싶지만 심상치 않은 흔들림에 도현은 재빨리 그녀를 들쳐 업고선 자신이 왔던 길을 되돌아가기 시작했다.

하지만.

콰르르릉!

굉음과 함께 길이 무너져 내린다.

"이런!"

쿠구구!

점차 커지는 진동.

다시 되돌아가자니 막다른 길이고, 앞은 막혔다.

어디로도 움직이지 못할 때 도현의 귀에 바람 소리가 들려왔다.

쉬이이……

아주 작은 소리이지만 다급한 상황이라 그런 것인지 정확하게 들려오는 소리에 도현은 앞뒤 가리지 않고 재빨리 내공을 끌어 모아 벽을 후려쳤다.

쾅!

굉음과 함께 벽이 무너져 내리고, 작은 통로가 모습을 드러낸다.

자연적으로 만들어진 것인 듯 종유석이 위험하게 매달려 있는 곳이지만 앞뒤가릴 처지가 아니기에 재빨리 뛰어든 도현은 바람이 부는 곳을 향해 빠르게 달려간다.

쿠쿵! 쿵!

연신 계속되는 충격에 종유석들이 떨어지며 흉기와 마찬가지로 날카롭게 길을 막지만 도현은 침착하게 검으로 쳐내거나 부수며 앞으로 달려가는 것에만 신경 썼다.

스스스!

그렇게 한참을 달리던 도현의 발이 멈춘 것은 갑작스레 날아드는 검 때문이었다.

카앙!

"이곳에서 보게 될 줄은 몰랐는데?"

도현의 말에 아무런 대답이 없는 빙설하.

신비한 은발을 휘날리며 자리에 서 있는 그녀의 곁에는 함께 간 수하들은 보이지 않았다.

구구구!

더욱 떨림이 심각해지는 가운데 굉음이 터져 나온다.

콰아앙!

"큭!"

굉음과 함께 엄청난 진동에 자세를 잡을 수 없을 정도다.

그때였다.

우르르릉!

쩌적!

발밑에서 엄청난 진동과 함께 땅이 무너져 내리기 시작했고, 어떻게 반응할 틈도 없이 세 사람은 밑으로 떨어져 내린다.

그와 함께 엄청난 굉음과 함께 산 전체가 폭발에 휩싸인다.

콰르릉!

콰앙!

◑

"이럴 수가……!"

마검대를 이끌고 급파된 검마는 벌어지는 입을 다물 수

없었다.

산 하나가 흔적도 없이 날아가 버렸다.

어떤 무공으로도 불가능한 일이다. 결국 대량의 화약으로 산을 날려버렸다는 것이다.

이번 일을 조사하기 위해 관에서도 나온 것인지 이곳저곳에서 병사들의 흔적이 보인다.

"차, 찾아라! 소궁주님의 흔적을 어떻게든 찾아야 한다!"

"명!"

파바밧!

검마의 명령이 떨어지기 무섭게 흩어지는 마검대원들!

사방으로 흩어지는 수하들을 보면서도 검마의 눈엔 불신이 가득하다.

"이런 일이······."

아무리 봐도 도현이 살아있을 것이라 생각되지 않았다.

제자인 우혁의 보고에 급히 마검대를 이끌고 이곳으로 달려왔지만 이미 상황은 늦어 있었다.

지금쯤이면 이곳의 상황이 천마성에도 알려졌을 것이다.

"누구도······ 성주님의 분노를 감당할 수 없을 것이다."

부들부들!

성주인 패마가 분노한 모습을 떠올리자 절로 공포심에 물드는 검마다.

천마성의 이인자로 불리는 그이지만 패마의 분노는 결코 개인이 감당 할 수 없는 종류의 것이다.

상대가 누구이든 결코 패마의 분노를 비켜 갈 수 없으리라.

설령 그것이 중원 전체를 상대하는 것이라 할지라도.

그렇게 검마가 생각에 빠져든 동안에도 마검대원들은 산의 흔적만 남은 곳을 돌아다니며 어떻게든 흔적을 찾아내기 위해 노력하고 있었다.

곳곳에서 병사들이 감시를 하고 있었지만 그들은 조금도 개의치 않았다.

오히려 병사가 방해를 하려면 무력으로 위협을 할 정도였기에 급히 이번 사태를 해결하기 위해 파견된 군관이 군대를 동원하는 일도 있었지만 곧 도착한 만금상단과 천하전장의 인물들이 원만히 일을 처리했다.

외성, 내성 가릴 것 없이 천마성의 모든 역량이 도현을 찾는 것에 집중되고 있었다.

콰지직!

아무것도 하지 않았음에도 집무실의 기재들이 부서져 나간다.

패마의 몸에서 폭풍처럼 흘러나오는 기세를 감당하지 못한 것이다. 비단 기재들뿐만 아니라 그가 기거하고 있는 건물 전체가 흔들리고 있었다.

"어떤…… 놈들이냐."

분노한 눈으로 천천히 입을 여는 패마에게 삼 장로 혈영
신투는 식은땀을 잔뜩 흘리며 답했다.

"아직 확신할 수 없으나 혈교의 소행이 아닐까 하고 있
습니다. 그들이 아니고서야 본성을 건드릴 자는 없지 않습
니까. 현재 일 장로께서 현장에서 노력을 하고 계시니 곧
증거가 나올 것이라 생각됩니다."

으드득!

이를 가는 소리가 귓가에 섬뜩하게 들려온다.

"도현이의…… 도현이의 흔적은 찾았나?"

"아직……."

쾅!

삼 장로의 말이 떨어지기 무섭게 그의 발이 땅을 구르고
건물 전체가 크게 흔들린다.

패마의 분노가 하늘을 찌르고 있었다.

"비…… 상을 걸어라. 특급 전시 체계를 갖추고 언제든
움직일 준비를 실행하라. 범인이 누가 되었든…… 쓸어버
릴 것이다."

"존명!"

재빨리 고개를 숙이곤 방을 빠져나가는 삼 장로.

더 이상 같은 자리에 있다간 몸이 견딜 수 없을 것 같았다.

"크아아아!"

콰르르릉!

결국 삼 장로가 빠져나간 뒤 얼마되지 않아 패마의 괴성과 함께 건물이 무너져 내리기 시작했다.

그와 함께 천마성의 분위기가 바뀌기 시작했다.

패마의 명령이 전달되기 무섭게 천마성 전체가 비상체계에 접어들기 시작했고, 밖으로 나갔던 모든 무인들이 급히 불러들여졌다.

뿐만 아니라 만금상단과 천하전장의 모든 재원이 투입되어 급격한 전투 준비를 서두르기 시작했다.

만금상단과 천하전장이 천마성의 것이란 것은 철저하게 비밀이었기에 그동안 단 한 번도 드러난 적이 없었다.

하지만 이번만큼은 예외였다.

그들은 공공연하게 모습을 드러내며 천마성을 돕기 위해 움직였다.

이번 일로 인해 그들이 천마성의 휘하에 있다는 것이 밝혀지겠지만 지금으로선 아무래도 상관없는 이야기였다.

천마성의 미래인 도현이 사라졌다는 사실에 천마성 무인 전체가 크게 분노하고 있는 상황이었으니.

그렇게 천마성이 움직이기 시작하자 그렇지 않아도 이번 일로 인해 촉각을 세우고 있던 백도맹과 사황성은 크게 긴장하기 시작했다.

천마성이 일단 움직이기 시작하면 누구도 말릴 수 없다.

특히 패마는 같은 삼신이라 하더라도 쉬이 말릴 수 없는 절대 강자.

바야흐로 무림에 긴장감이 맴돌기 시작한다.

天魔死亡 6章.

6 章.

"흠……."

규칙적으로 신음소리를 흘리는 노인의 모습에 대전에 함께한 수하들은 식은땀을 흘릴 뿐 숨소리조차 크게 내지 않는다.

묘한 긴장감이 맴도는 대전.

그렇게 한참을 말없이 한숨만 내쉬던 노인이 한 사람을 부른다.

"혈뇌(血腦)."

"하명하십시오."

대답과 함께 중년의 사내가 왼발을 절뚝이며 앞으로 나선다.

평범한 인상의 그는 혈뇌로 불리며 혈교의 머리 역할을 맡아온 사내로, 비록 무공을 익히지는 않았으나 그 뛰어난 머리로 지금의 혈교가 존재하도록 만든 일등 공신 중 한 사람이었다.

"이번 일을 어떻게 생각하나?"

"둘째 제자분의 계획은 좋았으나 화약의 양이 많지 않았나 싶습니다. 혹은 예상했던 것보다 지반이 좋지 못했을 수도 있습니다."

"그러니까 설하의 실수다?"

"제 개인적인 의견으론 반반입니다."

"흐음……."

그 말에 노인은 더 이상 묻지 않았다.

혈뇌의 말은 많은 것을 담고 있었다.

빙설하의 실수 일 수도 있지만 그녀를 반대하는 누군가가 수작을 부린 것일 수도 있었다.

혈교의 주인인 혈교주의 둘째 제자가 사라진다면 가장 많은 이득을 얻는 것은 다른 사람도 아닌 첫째 제자인 허독량이다.

결국 혈뇌는 허독량을 의심하고 있는 것이다.

혈교주 역시 그런 사실을 모르지 않았다.

그저 넌지시 혈뇌에게 사실을 물어 이번 일과 관련되어 있는 자들에게 경고를 하기 위함이다.

제자들 간의 경쟁에 끼어들지 말라는.

대전에 있는 자들은 최소한 대주급 이상의 실력을 지닌 자들이었고, 이들의 도움이 없는 한 이번 일이 벌어질 수 없었다.

특히 폐관실에 들어가 있는 허독량에게 도움을 주기 위해선 더욱 그러했다.

'녀석이 제법 제 사람을 만들어 놓았구나.'

자리에 있는 사람들의 표정을 읽으며 혈교주는 겉으로는 아무렇지 않은 듯 했지만 속으로는 내심 흐뭇해하고 있었다.

비록 이번 일로 인해 둘째 제자를 잃었지만 그 정도는 아무래도 상관없었다.

어차피 처음부터 그가 믿고 있던 것은 빙설하가 아닌 허독량이었으니까.

자신의 재능만 믿고 수련을 하지 않는 그를 자극하기 위해 빙설하를 키운 것일 뿐이었다.

오히려 이번에 빙설하가 죽음으로 인해 허독량이 이미 교내에 많은 이들을 자신의 편으로 끌어들였다는 것을 알게 된 혈교주였다.

아직 어린 나이임에도 이들을 끌어들였다는 것은 그만큼 그 능력이 출중하다는 것을 뜻했다.

게다가 밖에서의 일로 인해 이젠 스스로 수련을 위해

폐관에 들어갔다.

뛰어난 재능을 지닌 그가 마음먹고 수련에 들어간 이상 상상이상의 결과를 보여 줄 것이 분명했다.

다만 문제는 허독량이 자신의 영역까지 넘본다는 것이었다.

그렇기에 혈교주는 이 자리에서 다른 사람들을 통해 은근히 허독량에게 경고를 던지고 있는 것이었다.

"설하가 살아있을 확률은?"

"보고에 의하면 산이 완전히 무너졌다고 합니다. 하늘이 돕지 않는 이상 살아있을 확률은 높지 않다고 생각합니다. 거기에 천마성 인원들이 계속해서 몰려들고 있는 바, 설령 살아있다 하더라도 구조를 위한 인원을 보내는 것은 불가한 일입니다."

혈뇌의 말에 몇몇 이들이 울컥하지만 혈교주의 앞인 탓에 차마 입을 열지 못한다.

허독량이 아닌 빙설하에게 선을 대었던 인물일터다.

"어쩔 수 없는 일이지. 관의 추적은?"

"당장은 감시가 심하지만 곧 사라질 것이라 생각합니다. 설령 꼬리가 잡힌다 하더라도 저희까지 이어질 확률은 아예 없습니다."

"자신이 있는 모양이로군."

혈교주의 시선에 혈뇌는 자신에 찬 목소리로 답했다.

"제 역량을 모두 투입했던 일입니다."

"좋아. 혈뇌를 믿어보지."

"감사합니다!"

고개를 숙이는 혈뇌에게 손짓하여 물러서게 한 혈교주가 천천히 자리에서 일어섰다.

어느새 그의 몸에서 혈기가 물씬 풍겨져 나온다.

"이제 곧 본교는 다시 일어선다. 이번 일을 기회로 삼아 잠시 숨을 돌린 뒤 중원으로 갈 것이다. 모두들 준비들 하고 있도록."

"존명!"

우렁찬 목소리와 함께 대전 전체가 후끈 달아오른다.

수십 년을 준비해왔던 일이 마침내 현실로 이루어질 때가 된 것이다.

◑

똑! 똑! 똑!

규칙적으로 떨어지는 물방울 소리가 동굴을 울린다.

빛 하나 들어오지 않기에 깜깜해야 하지만 희미하지만 앞이 보일 정도로 시야가 확보되고 있었다.

"으음……."

신음과 함께 정신을 차린 도현을 가장 처음 맞이하는

것은 강렬한 고통이었다.

온 몸에서 보내지는 강렬한 신호에 제대로 숨을 쉴 수 없을 지경이었다.

'여긴……'

한 참의 시간이 지나고 고통이 익숙해지기 시작하자 그제야 정신을 차리고 주변을 살핀다.

희미하게 비치는 빛이 주변 사물을 최소한으로 분간 할 수 있도록 해주었기에 큰 문제없이 주변을 살펴 볼 수 있었다.

꿈틀.

"큭!"

손가락을 움직였을 뿐인데도 강렬한 고통이 전해진다.

게다가 왼쪽 팔은 아예 움직이질 않는다.

'부러지진 않은 것 같고…… 빠진 건가?'

다행이 어깨가 빠졌을 뿐 부러진 것은 아닌 듯싶었다.

"윽!"

입 안을 텁텁하게 매우고 있는 진흙을 뱉어내며 몸을 일으키는 도현.

찌릿!

몸을 움직이는 도중 강렬한 통증이 복부에서 전해져 온다.

'갈비뼈 두 개 정도가 나갔나? 그 이외엔…… 괜찮은 것 같은데.'

"으윽!"

조금만 움직여도 절로 신음이 나올 지경이었지만 도현은 주변을 둘러보며 소진을 찾았다.

자신과 함께 떨어졌으니 그리 멀리 떨어지진 않았을 테다.

과연 일장 정도 떨어진 곳에서 쓰러진 채 미동도하지 않고 있었다.

질퍽, 질퍽!

비명을 지르는 몸을 뒤로하고 이를 악문 채 몸을 움직인 도현이 소진에게 다가가 상태를 확인한다.

다행이 숨을 쉬고 있었다.

겉보기론 어느 한 곳 부러진 곳이 없었지만 확실한 것은 그녀가 깨어나고 나서야 알 수 있을 터였다.

"그런데 여긴 어디지?"

마지막 순간을 다시 떠올려보면 참 믿을 수 없는 일었다.

엄청난 진동과 굉음.

분명 화약이었다.

그것도 엄청난 양의.

"음……!"

신음을 흘리며 힘들게 소진을 안아든 도현의 발걸음이 빛이 흘러나오고 있는 곳으로 향한다.

"이건?"

빛 한점 들어오지 않는 이곳에 희미하긴 하지만 어디서 빛이 나오는 가 했더니 놀랍게도 스스로 빛을 발하는 이끼들이 한군데 뭉쳐서 자라고 있었다.

"광석태(光石苔)?"

광석태는 비록 대단한 영약은 아니지만 스스로 빛을 내는 종류의 이끼로 대단히 보기 힘든 녀석이었다.

하지만 덕분에 시야를 확보 할 수 있었으니 그리 나쁜 일은 아니었다.

스윽.

조심스레 마른 땅 위에 소진을 눕히는 도현.

어느새 그녀의 얼굴을 가리고 있던 면사는 날아가 버렸고, 옷도 이곳저곳이 많이 찢어져 있었다.

'그러고 보니……'

그제야 떠오르는 한 여인.

자신과 머지않은 곳에 있었으니 분명 이곳에 함께 떨어졌을 것이란 생각이 들자 도현은 조심스레 다시 주변을 살핀다.

"저기에 있군."

과연 멀지 않은 곳에 그녀가 쓰러져 있었다.

혈교의 인물이기에 죽었다 하더라도 관계없지만 만약을 대비해서라도 생사를 확실히 해야 했다.

몸이 불편한 지금 그녀가 공격해 온다면 쉬이 감당 할

수 없기 때문이었다.

철퍽, 철퍽!

진흙을 헤치며 움직인 끝에 도달한 그녀의 모습은 뭐라 말을 할 수 없을 정도였다.

가슴이 규칙적으로 솟아오르는 것이 숨은 쉬고 있는 것 같았으나, 머리에서 피가 흐르고 있었다.

떨어질 때 어딘가에 부딪친 것인지 적지 않은 피가 흐르고 있었는데, 진흙으로 덥힌 상황에서도 보일 정도이니 위험한 상황이었다.

"쯧!"

고민하던 도현은 그녀를 안아 들었다.

의외로 가볍게 들리는 그녀를 품에 안고 소진의 곁에 뉘인 도현은 광석태의 빛에 의지에 자신의 옷을 찢어 빙설하의 얼굴을 깨끗하게 닦은 다음 상처 부위를 살폈다.

과연 백회혈 인근에서 피가 흐르고 있었다.

"운이 좋은 건지……."

조금만 더 옆으로 갔으면 떨어지면서 죽었을 것이지만 그녀는 살아있었다.

고개를 휘저으며 자신의 품을 뒤져 금창약을 찾는 도현.

다행히 잃어버리지 않은 것인지 금창약이 있었고, 그것을 상처부위에 바르고 더럽혀진 옷이지만 최대한 깨끗한 부위를 찢어 상처를 감싼다.

천하에서도 손에 꼽히는 의원인 마선의가 만든 금창약
이니 만큼 어렵지 않게 상처를 치료 할 수 있을 터다.

"자…… 이제 어떻게 한다?"

일단 치료를 하긴 했지만 그녀에 대한 처분을 어떻게 할
것인지는 아직 정하지 않았다.

아니, 그보다 이곳을 빠져 나갈 수 있는 것인지도 알 수
없었다.

"일단 못 움직이도록 혈을 짚어두고, 소진의 혈을 풀어
볼까?"

그제야 소진이 혈을 짚어 움직일 수 없음을 깨달은 도현
은 즉시 빙설하의 혈을 짚어 움직일 수 없도록 해놓고선
소진의 곁으로 자리를 옮긴다.

아직 정신을 차리지 못하는 그녀.

얼굴 가득 진흙이 묻어 있음에도 그녀의 미모는 변하지
않는다.

오히려 진흙들 때문에 몸의 굴곡이 적절히 드러나며 요
염하기까지 하다.

보통의 남자였다면 벌써 달려들고도 남음이 있는 최고
의 미녀 두 사람을 두고서도 도현은 별 달리 큰 반응을 보
이지 않고 있었다.

슥―.

가볍게 소진의 손목을 쥔 도현은 천천히 내공을 흘려보

내기 시작했다.

그녀의 내공이 자신의 마기에 반응하지 않도록 조심스
럽게 흘려보내며 인위적으로 막힌 혈을 찾는 도현.

무려 반 시진을 그렇게 보낸 끝에 딱 한 곳을 찾을 수 있
었다.

"다른 곳은 풀려버린 건가?"

혈을 짚어 놓는다고 해서 그것이 평생 가는 것은 아니
다. 시전 하는 자의 내공에 따라 다르기는 하지만 현재 그
녀의 몸속에 남은 흔적을 보고 추측하건데 그냥 두어도 하
루 이틀이면 풀릴 양이었다.

그 정도라면 이곳에 떨어질 때의 충격으로 인해 충분히
풀릴 수도 있었다.

일단 결론을 내리자 도현은 즉시 혈을 풀기 위해 내공을
움직이기 시작했다.

강제로 혈을 푸는 것은 위험한 방법이지만 지금의 경우
하나 밖에 남지 않은 상황이기에 큰 위험 없이 풀 수 있는
기회였다.

퍽!

작은 소리와 함께 소진의 몸이 살짝 솟아올랐다가 떨어
진다.

그 뒤로도 도현은 조심스레 내공을 움직여 그녀의 몸 상
태를 점검하고서야 손을 땐다.

"다친 곳은 없구나. 윽!"

신음과 함께 옆구리를 부여잡는 도현.

부러진 갈비뼈에서 강렬한 고통이 전달되고 있었다.

"으으…… 그래도 자리에서 벗어나진 않은 모양이로군."

확실히 다행이었다.

만약 부러진 갈비뼈가 폐 혹은 장기를 찔렀다면 치료할 방법도 없는 이곳에서 속절없이 죽어갔을 테니.

덜썩!

자리에 눕자 그제야 고통이 좀 가시기 시작한다.

'여긴 대체 어딜까? 그 산의 아래인가? 밖에는 난리가 났겠군.'

가만히 있자 갖은 생각들이 몰려들기 시작한다.

이곳의 위치에서부터 밖으로 빠져나갈 방법. 밖에서 벌어질 각종 소동까지.

그러는 사이 자신도 모르게 도현은 천천히 잠이 들었다.

그때였다.

기다렸다는 듯 빙설하가 눈을 뜬 것은.

◐

사황성주 사황신권(邪皇神拳) 사독은 불만족스러운 얼굴로 태사의에 앉아 대전에 가득 들어찬 수하들을 바라본다.

대전 안에 가득한 사기(邪氣)가 그의 심정을 대변해주는 것 같다.

한참을 말없이 고개를 들어 허공을 바라보던 사황성주의 말문이 천천히 열린다.

"결론은 길을 열어 주어야 한다는 것이지? 천마성 이 씹어 먹을 놈들이 유유히 우리 앞마당을 지나가는 걸 말이야?"

"……"

고개만 숙일 뿐 누구하나 대답이 없다.

지금의 사단이 벌어진 것은 오늘 아침 천마성에서 온 연락 하나 때문이었다.

계향산이라 불리는 곳에서 벌어진 일을 모르는 바가 아니기에 적당히 눈감아 달라는 부탁일 줄 알았다.

하지만 웬걸?

짧게 적힌 종이의 글귀는 패마가 직접 쓴 것이었다.

길을 열어라.

짧게 적힌 그 말에 사황성 전체가 난리 난 것은 당연한 일이었다.

하지만 그것도 잠시였다.

어마어마하게 동원되는 천마성의 행보를 막을 엄두가

나지 않기 시작했던 것이다.

지난 대전에서도 이만한 인원을 동원한 적이 없던 천마성이었다.

헌데 지금 천마성은 어떠한가?

천마성의 대표적 무력부대인 마검대(魔劍隊)가 이미 투입되어 있는데다, 지옥수라대(地獄修羅隊), 흑암혈사대(黑暗血死隊), 귀영흑풍대(鬼影黑風隊), 잔살마혼대(殘殺魔魂隊)에 이르는 전 무력부대가 움직일 준비를 서두르고 있었다.

뿐만 아니라 그동안 주인의 정체가 철저하게 감추어져 있던 천하전장과 만금상단의 주인이 천마성인 것으로 밝혀지며 큰 충격을 주고 있었다.

"천하전장과 만금상단이 본성에서 차지하는 영향력은 얼마나 되지?"

성주의 물음에 백발의 노인이 앞으로 나오며 대답했다.

"현재 본성의 자금 중 이할을 천하전장에 맡겨둔 상태이며 만금상단으로부터 거둬들이는 세수와 물건들은 전체의 삼할에 달하고 있습니다."

"이할과 삼할이라…… 거래선을 바꾼다면?"

"시간을 두고 천천히 하면 모를까 단숨에 변경하기는 어렵습니다. 특히 천하전장에 맡겨 둔 것은 이할에 불과하다 하나 돈으로 환산하면 수백 만냥에 가깝습니다."

노인은 사황성의 총관으로 살림을 전담하고 있었는데, 오랜 세월 사황성의 살림을 잘 봐온 그의 말이니 틀리는 것이 없을 터다.

"결국 길을 열어주어야 한다는 것이로군."

한심하다는 얼굴로 수하들을 바라보는 사황성주.

돈은 언제든 벌어도 되니 손해 보는 것은 큰 문제가 아니었지만 정작 가장 큰 문제는 다른 것도 아닌 천마성이 움직인다는 것이었다.

그리고 그들을 막을 힘이 사황성에 없다는 것도.

사실 오랜 시간 그는 천마성에 대적할 힘을 키우기 위해 부단히 노력을 했지만 힘을 키우면 키울수록 천마성의 힘을 알게 되기만 할 뿐 그 격차를 쉬이 따라 잡을 수 없었다.

특히 사파 특유의 분위기를 쉬이 물리칠 수 없었다.

"알고 있었지만 막상 다가오니 충격적이로군."

낮게 혀를 차며 그는 자리에서 일어섰다.

"길을 열어주고 그 근처에는 다가가지 마라. 괜한 소란을 일으켰다간 이번에는 패마 그 늙은이가 쉬이 지나가지 않을 것 같으니. 그리고…… 조만간 실력들을 한 번 봐야 하겠어."

뚜벅 뚜벅.

그 말을 끝으로 무정히 몸을 돌려 대전을 빠져나가는

성주의 등을 보며 많은 이들이 식은땀과 함께 한숨을 뱉어낸다.

실력을 보겠다는 그의 말은 다시 말해 예전보다 실력의 발전이 없는 자의 목을 치겠다는 말이었기 때문이다.

천마성으로 인해 사황성에도 애꿎은 피바람이 불게 생겼다.

◐

펄럭 펄럭!

휘날리는 깃발.

검은 바탕에 금색실로 수를 놓은 용사비등한 필체가 멀리서도 한 눈에 들어온다.

천마성(天魔城).

휘날리는 깃발의 뒤로 물경 1만에 이르는 무인들이 움직이고 있었는데, 곳곳에서 휘날리는 깃발들로 인해 실수로라도 누가 접근하는 일은 없었다.

날카로운 기세를 뿜어내는 그들은 말없이 빠른 속도로 이동하고 있었는데, 성을 출발한 이래 꼭 필요할 때를 제외하곤 단 한 번도 쉬지 않고 움직이고 있었다.

이만한 인원이 대규모로 움직이다 보니 군과 관에서도 자연스럽게 대응을 하려했지만 천하전장과 만금상단이 발빠르게 움직이며 무마시키고 있었다.

그야 말로 천마성의 모든 역량이 투입되고 있는 것이다.

"앞으로 이틀이면 도착 할 수 있을 것 같습니다."

삼 장로의 보고에 패마는 고개를 끄덕이곤 이 장로 월영마검(月影魔劍) 심태광에게 명령을 내렸다.

"지옥수라대(地獄修羅隊)를 이끌고 주변을 살피도록."

"존명!"

명령이 떨어지기 무섭게 이 장로가 지옥수라대를 이끌고 빠른 속도로 무리에서 이탈하더니 순식간에 사라진다.

그 모습을 잠시 보고 있던 패마가 이어 명령을 내린다.

"칠 장로는 잔살마혼대를 이끌고 이 주변에서부터 도현의 흔적을 찾는다. 수상한 자들은 모조리 잡아 들여라."

"존명!"

칠 장로 거력마웅(巨力魔雄) 신도광이 우렁찬 목소리로 고개를 숙여 대답하곤 큰 덩치답지 않은 경쾌한 몸놀림을 선보이며 잔살마혼대와 함께 사라진다.

잔살마혼대는 천마성에서 가장 많은 인원을 자랑하는 곳으로 비록 다른 무력부대에 비하면 실력은 떨어지지만 어디까지나 천마성 내의 서열이고 중원에서라면 쉬이 그들을 막을 수 있는 자들이 없을 정도였다.

마검대와 잔살마혼대가 일시에 빠져나가자 1만에 달하던 숫자가 순식간에 4천명 이하로 줄어든다.

"삼 장로."

"하명하십시오!"

삼 장로 혈영신투(血影神偸) 자현이 고개를 숙인다.

"들어온 소식은 없는가?"

"죄송합니다. 일 장로님을 비롯한 많은 이들이 노력을 하고 있습니다만 아직까진 별다른 소득이 없는 것으로 알고 있습니다."

"놈들에 대한 정보는?"

"이번 일을 일으킨 이후 철저하게 모습을 감춘 채 사라졌습니다. 그나마 움직임을 보였던 자들까지 모습을 감추거나 죽임을 당했습니다. 현재로선 본성에서 더 이상 놈들의 흔적을 찾아보기 어렵습니다."

삼 장로의 보고에 패마의 얼굴은 더욱 어두워진다.

하지만 몸에서 흐르는 살기는 더욱 짙어져만 간다.

"우선…… 도현의 흔적을 찾는 것이 먼저다. 어떤 작은 것이라도 좋다. 흔적을 찾아라."

"존명!"

현장의 상황은 이미 도현이 죽었음을 알리지만 이 자리에 있는 누구도 그 사실을 믿으려 하지 않았다.

그렇기에 흔적을 찾으려는 것이다.

이를 위해 천마성의 모든 역량을 동원하는 것이고 사황성과 백도맹에 무례라 해도 좋을 정도의 서신을 발송하고도 눈 하나 깜짝하지 않는 것이다.

오히려 지금의 상황에선 그들이 시비를 걸어온다면 앞뒤 가리지 않고 싸울 정도로 예민해져 있는 천마성의 무인들이었다.

"후우……."

긴 한숨을 내쉬는 검마.

몇날 며칠을 제대로 잠도 자지 않고 주변을 살피고 있지만 어떠한 흔적도 나오질 않고 있었다.

산 하나가 사라지다 시피 한 일이다보니 결코 쉬운 일이 아니었다. 게다가 엄청난 양의 토사 또한 문제였다.

"대주."

그때 일조의 조장이 다가와 작은 물건 하나를 내민다.

"……광혈검의 것인가?"

대답 없이 고개를 끄덕이는 일조장.

그의 손에 들린 것은 부러진 검이었다. 남은 손잡이 부분도 성하지 않았다.

"어디서 발견했지?"

"언덕의 중심 부근에서 발견했습니다. 이것이외에 발견된 것은 없었습니다."

"후…… 잘 보관했다가 가족에게 전달하도록."

"명."

고개를 숙이며 물러가는 일 조장.

마검대원들 대부분은 천마성의 역사와 함께 하는 자들.

그들 중에 가족을 이룬 자들은 그리 많지 않았는데, 그 많지 않은 자들 중 한 사람이 바로 광혈검이다.

광혈검의 가족들은 검마 자신도 자주 본적이 있기에 가슴이 답답해져 온다.

"답답하군."

그의 시선이 이제는 동산이 되어버린 산을 향한다.

스스슥!

작은 인기척과 함께 검마의 곁에 모습을 드러내는 한 사람.

"벌써 온 건가?"

"음. 좋은 소식은 없는 모양이로군."

이 장로인 월영마검의 말에 검마는 쓰게 웃는다.

그의 등장과 함께 멀리서부터 지옥수라대의 인원이 빠른 속도로 모습을 드러내며 주변을 뒤지기 시작한다.

"방금 광혈검의 부러진 검을 발견했네. 그것 이외엔 이제까지 찾은 것이라곤 아무것도 없다네."

"이번 일은 강력한 도화선이 될 거네."

"그렇겠지. 누구도 성주님을 말릴 수 없겠지. 아니……

그건 우리 역시 마찬가지인가?"

쓰게 웃는 검마를 보며 월영마검은 묵묵히 고개를 끄덕인다.

장로들은 패마가 무림에 두각을 드러낼 때부터 함께하며 천마성을 세우는데 가장 큰 역할을 한 자들이다.

그런 만큼 패마의 제자였던 도현에게 거는 기대와 신뢰가 누구보다 컸던 그들이기에 솟아오르는 살심을 참을 수 없었다.

패마의 명령이 없었다면 혼자서라도 도현의 흔적을 찾기 위해 움직였을 것이다.

"만약 도현이 죽었다면…… 혈교 놈들을 한 놈도 남기지 않고 씹어 먹을 것이다. 내 목숨이 다하기 전까지."

우우-.

검마의 몸에서 엄청난 양의 살기가 흐른다.

왜 그가 천마성의 일 장로이고, 왜 그가 검마(劍魔)로 불리며, 왜 그가 천마성의 이 인자로 불리는 것인지 그 진면목이 서서히 드러나고 있었다.

그 모습을 보며 이 장로는 작게 웃는다.

같은 검마로 불리면서도 왜 자신에게 월영이란 이름이 붙고 그에겐 어떤 수식어도 붙지 않는 것인지 새삼 다시 알 수 있을 것 같았다.

그렇다고 질투심 따위는 일어나지 않았다.

질투심이 일으키기엔 이미 나이를 많이 먹은 데다, 도저히 자신이 이길 수 없는 사람이라 인정했기 때문이었다.

스윽-.

옷 위로 복부를 쓰다듬는 그.

오래 전 죽을 위기에 처한 자신을 구하기 위해 그가 목숨을 걸고 달려와 준 덕분에 자신은 살 수 있었다.

당시 검마도 목숨이 위험할 정도로 크게 다쳤었지만 결과만 놓고 본다면 둘 모두 멀쩡히 살아남은 것이다.

"주군께선?"

"늦으면 이틀. 빠르면 내일이라도 오시겠지."

"사황성, 백도맹의 반응은 어때?"

그 물음에 이 장로는 코웃음을 치며 답했다.

"지들이 어쩌겠어. 입 다물고 있어주는 것이 최선이지."

"그래도 신경 써야해. 언제 뒤통수를 칠지 모르는 놈들이니까."

"물론이야. 세상에 믿을 놈은 없으니까."

고개를 끄덕이는 이 장로의 말에 검마는 피식 웃으며 다시 시선을 흙이 가득한 동산으로 돌린다.

그야 말로 어마어마한 양의 화약이 사용되었다.

이곳에서 날아간 산의 흔적이 십리 밖에서 관찰이 될 정도였으니까.

"으아아아앙!"

비명에 가까운 괴성을 내지르며 눈물을 펑펑 흘리는 은발의 미녀를 보며 도현은 어찌 할지 몰라 했다.

아이처럼 너무나 서럽게 울음을 터트리는 그녀.

자신이 보았던 모습과는 너무나 다른 모습이기에 쉽게 그녀에 대한 판단이 서질 않는다.

얼마나 울음소리가 컸으면 정신을 차리지 못하고 있던 소진이 깨어날 정도였다.

"오라버니 이건?"

"음…… 나도 뭐라 해야 할지 모르겠는데 말이야."

소진의 물음에 뭐라 대답해야 할 지 고민하는 도현. 그 때 빙설하가 입을 열었다.

"몸이 안 움직여어! 아앙! 싫어어어!"

"……이런 상태지."

도현의 말에도 소진은 뭐라 답할 수 없었다.

어찌 그렇지 않겠는가?

바로 얼마 전까지만 해도 차갑고 무뚝뚝하며 자신을 언제든 죽일 수 있는 위치에 있던 것이 그녀였다.

그랬던 그녀가 지금은 마치 어린 아이가 된 것 같지 않은 가.

"당신은 누구죠?"

"으앙? 앙? 나? 난 빙설하! 그런 언니는 누구야?"

울다 말고 고개를 갸웃거리며 오히려 되물어오는 그녀를 보며 소진과 도현은 서로를 바라본다.

"잘못 들은 것 아니죠?"

"그래. 분명 네게 언니라고……."

"빙…… 설하라고 했나요? 지금 나이가 몇 살이죠?"

조심스레 묻는 소진에게 그녀는 방긋 웃으며 답했다.

"다섯 살이에요!"

"맙소사!"

자신도 모르게 입이 벌어지는 소진이었다.

다섯 살이라 대답하는 것도 놀라운 일이지만 방긋 웃는 그녀의 미모가 압도적이었던 것이다.

진흙으로 엉망이 되어 있음에도 불구하고 말이다.

재빨리 도현의 얼굴을 살피지만 다행이 도현은 아무런 반응이 없었다.

다섯 살이라 대답하는 것에 심각한 고민을 하는 얼굴이다.

'이럴 땐 둔감한 사람이라 다행이야.'

내심 속으로 한숨을 내쉬며 소진은 도현에게 말했다.

"풀어주죠."

"안 돼. 넌 상대가 되지 못하고 난 제대로 움직일 수 없는 상태야. 자칫 목숨이 위험 할 수도 있어."

"아무렴 어때요. 어차피…… 빠져나갈 곳도 없잖아요."

주변을 둘러보며 대답하는 소진을 보며 도현은 얼굴을 찌푸렸다가 곧 고개를 끄덕였다.

그녀의 말대로 이곳에서 탈출할 방법이 보이질 않았다.

아주 큰 공동이지만 끝이 보이지 않을 정도는 아니다. 아직 완전히 살펴본 것은 아니지만 어디에도 밖으로 나갈 수 있는 길이 보이지 않는 것이다.

툭툭!

가볍게 손을 움직이는 것만으로 빙설하의 혈을 풀어낸다.

갑작스레 몸을 움직일 수 있게 되자 빙설하는 빠르게 자리에서 일어서더니 이리저리 움직인다.

그 모습에 도현은 살짝 긴장했지만 곧 주저앉으며 울먹이는 빙설하를 보며 웃을 수밖에 없었다.

"히잉! 배고파. 배에서 꼬르륵 해! 꼬르륵!"

"하하하!"

"음……."

한참의 시간을 들여 빙설하의 머리를 살피고 나서도 도현은 잘 모르겠다는 듯 고개를 흔든다.

"이 상처가 원인 인 것 같기는 한데 잘 모르겠어. 일시적인 것이라고 생각은 되지만…… 당장 어떻게 할 방법은 없어."

"역시…… 이대로 영원히 기억이 돌아오지 않을 지도 모르겠네요?"

"그럴 가능성도 있지. 어쨌거나 다른 곳도 아니고 머리의 일이 되면 확신을 할 수 없으니까."

수도 없이 많은 의서를 읽은 도현이라 하더라도 불가능한 일은 있는 법이었다.

인간의 뇌는 미지의 영역인지라 아는 것보다 모르는 것이 더 많은 곳이었다.

"히잉…… 배고파!"

자리에 앉아 시키는 대로 가만히 있던 빙설하가 결국 투덜거리기 시작하자 도현은 쓰게 웃으며 자리에서 일어섰다.

굳이 그녀가 투덜거리지 않아도 슬슬 배가고프던 참이었다.

"일단 좀 돌아볼 테니 잠시만 있어."

"예."

고개를 끄덕이는 소진과 빙설하를 뒤로 하고 도현은 조심스레 광석태가 붙어 있는 바위들 중에 작은 것을 들고 움직였다.

다른 곳에서라면 쓸모도 없을 정도로 미약한 빛을 발하는 광석태이지만 이곳에서 만큼은 그 어떠한 것보다 유용하게 사용되고 있었다.

벽을 따라 동부를 크게 돈 도현은 혀를 찼다.

자신들이 있는 곳을 제외하곤 매끈한 벽 밖에 없었고, 무엇도 자라나질 않고 있었다.

게다가 진흙들의 깊이가 제멋대로라 마음대로 걸어 다니기 어려운 것도 문제였다.

'역시 제일 큰 문제는 먹을 것이 없다는 건가? 광석태라면 먹을 수 있기야 하겠지만, 빛을 내는 귀한 물건이니 쉽게 먹어 치울 수도 없는 입장인데…….'

고민하며 돌아오던 도현은 기대하는 눈으로 자신을 바라보는 두 여인을 향해 고개를 저어 준 뒤 아직 살펴보지 않은 광석태가 뭉쳐있는 곳의 뒤편을 뒤지기 시작했다.

유일하게 진흙으로 뒤덮이지 않은 이곳의 뒤편에도 작지 않은 공간이 마련되어 있었다.

마치 누군가가 일부러 이렇게 만들어 놓기라도 한 듯 말이다.

저벅, 저벅.

조심스럽게 안으로 들어가 봤지만 아무것도 없었다.

분명 작지 않은 공간이 있는 것은 사실이지만 무엇 하나 존재하는 것이 없었다. 심지어 광석태도 자라지 않고 있었다.

'곤란한데…….'

얼굴을 찌푸리는 도현.

당장 먹을 것은 둘치고 마실 수 있는 물을 구하는 것이 우선이었다.

하지만 아무리 둘러봐도 물을 구할 수 있는 곳이 없었다.

진흙이 가득한 곳이니 물을 구할 수 있을 것이라 생각하고 동부를 둘러보며 살펴봤지만 물을 구할 수 있을 정도의 진흙이 아니었다.

좀 질퍽한 진흙이라면 한쪽에 구덩이를 강제로 만들어 놓는다면 깨끗하진 않더라도 물이 모여들 테니 간단한 정수를 통해 마실 수 있겠지만, 그럴 수도 없는 것이다.

그렇게 도현이 난감해 하고 있을 때 귀를 간지럽히는 소리가 들려온다.

쉬이이……

아주 미세하지만 바람이 빠르게 통과하는 소리였다.

재빨리 소리가 들리는 동굴의 벽에 귀를 대자 벽 너머에서 바람 소리가 훨씬 더 선명하게 들려온다.

통통.

벽을 두드리자 과연 반대편이 비어 있는 것인지 가벼운 소리가 들린다.

'이 정도면 손마디 정도의 두께인가?'

잠시 고민하던 도현은 곧 주먹을 쥐곤 힘차게 휘둘렀다.

쩡!

콰르릉!

꽝음과 함께 무너져 내리는 벽!

작은 먼지가 피어오를 새도 없이 불어오는 바람에 쓸려가 버린다.

고오오오!

쉬이이이!

기묘한 소리가 귀를 어지럽히고 엄청난 세기의 바람이 불어 닥치다 곧 안정된다.

"엄청난데……."

얼마나 오랜 시간 바람이 통과한 것인지 알 수 없지만 안쪽 동굴에 매달린 종유석들이 바람의 영향으로 한쪽으로 휘어져 있었다.

天魔元士 7章.

7 章.

으적으적!

맛도 나질 않는 이끼를 꼭꼭 씹어 삼킨다.

이끼를 씹을 때마다 흘러나오는 즙은 충분히 많아 몸이 필요로 하는 수분을 부족하나마 충족시켜주고 있었다.

게다가 씹는 식감이 이상하긴 하지만 이끼는 충분할 만큼 배를 부르게 만들어 준다.

이름도 알 수 없는 이끼를 발견 한 것은 일주일 정도 전의 일로 날짜 감각이 정확하진 않지만 대략적으로 그 정도의 시간은 충분히 흐른 것 같았다.

'가지고 다니던 은침이 아니었다면 이것도 쉽게 먹을 수 없었겠지.'

평소 지니고 있던 은침으로 인해 미리 독성 검사를 할 수 있었기에 도현들은 이끼를 큰 걱정 없이 먹을 수 있었다.

물론 은침에 나오지 않는다고 해서 모두 안전한 것은 아니지만 최소한의 안전장치는 되는 꼴이니 심적인 부담을 덜 수 있는 것이다.

슥.

이끼로 배를 채운 도현은 자리에서 일어나며 옆에 앉아 있던 소진에게 말했다.

"둘러보고 올께."

"조심하세요."

고개를 끄덕이며 무너진 벽으로 발을 밀어 넣는다.

그날 바람소리가 들려오는 곳의 벽을 무너트린 이후 도현은 매일 같이 이곳을 드나들며 길을 찾고 있었다.

자신들이 먹고 있는 이끼 역시 이 통로에서 찾은 것이었다.

바람이 부는 길이라 해서 풍로(風路)라 부르고 있는 통로는 마치 끝이 없는 듯 아무리 움직여도 쉬이 끝을 보여 주지 않는다.

더욱이 근거지로 반드시 돌아와야 하니 하루에 움직일 수 있는 거리에 제약이 있을 수밖에 없었다.

그렇다고 자리를 옮기자니 지금 있는 곳보다 더 나은 곳을 발견 할 수도 없었고, 정기적으로 거센 바람이 부는 풍로에선 사람이 편하게 지낼 수 없었다.

쉬이익!

'온다!'

귓가에 바람소리가 들리자 도현은 재빨리 통로의 틈으로 몸을 숨긴다.

그 순간.

쐐애애액!

엄청난 양의 바람이 거칠게 통로를 스쳐지나간다.

어지간한 사람은 버티지 못하고 날아 가버릴 정도로 거세고, 날카로운 바람이었다.

바람에 날려가는 도중 통로에 가득한 종유석과 부딪치기라도 한다면 큰 부상을 입을 수도 있었다.

처음엔 도현도 바람을 정면으로 이겨보려 했지만 얼마 지나지 않아 자신의 생각이 얼마나 물렀던 것인지 알 수 있었다.

기반이 약한 종류석이 부러지며 바람에 실려 날아왔던 것이다.

매번 그런 것은 아니었지만 적지 않은 확률로 날아드는 종유석은 어마어마한 파괴력을 지니고 있었다.

휘릭-!

콰앙!

엄청난 굉음과 함께 도현이 숨어 있는 곳에서 불과 1장거리 앞의 벽이 부서져 나간다.

날아든 종유석에 부딪치며 부서져 나간 것이다.

주룩.

절로 식은땀이 흐른다.

도현도 저리 하라면 할 수야 있겠지만 간담이 서늘해질 정도의 파괴력임은 부인할 수 없다.

잠시 뒤 바람이 잠잠해지자 밖으로 나온 도현은 다시 앞으로 움직이기 시작했다.

'어제 이곳까지 왔었던가?'

벽에 파인 자신의 흔적을 발견한 도현.

이 앞으로는 자신도 가보지 못한 미지의 공간이었다.

재빨리 호흡을 가다듬은 뒤 발을 움직인다. 이전과 같이 특별할 것은 없지만 곳곳에 이끼가 제법 있었다.

어제는 식량인 이끼를 모으느라 앞으로 더 갈 수 없었지만, 어제 이끼를 가득 모아간 덕분에 오늘은 앞으로 나가는 것에만 시간을 온전히 쏟을 수 있었다.

저벅저벅―.

종유석을 따라 떨어져 내리는 물이 몸을 적신다.

마실 수 없는 물이라 굳이 신경 쓰지 않고 앞으로만 움직이는 도현.

손에 든 광석태가 빛을 내며 앞을 밝혀주는 덕분에 완전한 어둠은 피할 수 있다.

무공의 고수인 도현에게 이 정도 빛이면 사방을 분간하는 것쯤은 아무런 문제가 되지 않는다.

'반드시…… 반드시 밖으로 나가고야 만다!'

굳은 의지를 지닌 채 도현은 오늘도 밖으로 나갈 수 있는 길을 찾기 위해 끊임없이 움직인다.

◐

푹! 푹!

묵묵히 말없이 삽으로 흙을 파내는 사람들.

더운 날씨에 웃옷을 벗은 자들이 대단히 많았는데, 다들 한결 같이 탄탄한 몸을 자랑한다.

뿐만 아니라 땅을 파내는 속도 역시 일반인들을 크게 상회하고 있었는데, 이는 무림인들이기 때문이었다.

천마성에서 움직인 무인들 대부분이 투입되어 빠른 속도로 흙을 파내고 있었다.

내공까지 써가며 움직이는 통에 엄청난 속도로 산을 이루고 있던 흙들이 모습을 감추기 시작한다.

대신 그 옆으로 흙을 쌓기 시작하며 새로운 산이 만들어지고 있었다.

"적의 것으로 생각되는 시신의 흔적이 발견되었습니다. 그 외에 마검대원의 시신도 몇 구 발견했습니다."

검마의 보고에 패마는 고개를 끄덕이지만 그 시선은 산에서 떨어지지 않았다.

평소라면 무인들에게 결코 시키지 않을 일이지만 조금이라도 희망이 있다면 포기 할 수 없기에 수하들을 전원 투입하여 무너진 산을 아예 파내고 있었다.

"사황성과 백도맹의 정보원들이 십리 밖에서 분주히 움직이고 있습니다만, 일정 선 안으로는 들어오지 않고 있습니다. 본성의 경고 때문인 것으로 파악하고는 있습니다만……언제까지 지속될지는 알 수 없습니다."

삼 장로의 보고에 패마는 시선을 그에게 주며 말했다.

"십리 안으로 들어오는 놈들은 모조리 목을 쳐라. 미리 경고를 했음이니 가릴 것 없다."

"존명!"

차가운 패마의 말에 삼 장로는 즉시 고개를 숙인다.

냉기가 가득 도는 천막 안.

이미 패마의 참을성은 바닥이 난 상태였다.

도현의 작은 흔적이라도 찾기 위해 자리를 벗어나지 않고 있는 것이지, 그렇지 않았다면 진즉 피를 봤어도 보았을 터다.

'언제 터질지 모르는 화약고와 같은 곳이라고 했던가?'

주변 분위기를 보며 중원에서 자신들을 보며 말하던 것을 떠올린다.

'그 말이 맞아. 이미 심지에 불이 붙여져 버렸지만 말이야.'

고개를 저으며 밖으로 향한다.

◑

"천마성 본거지가 텅 비었다······?"

혈교주 혈마는 재미있다는 듯 수하의 보고에 웃는다.

애제자인 도현이 죽었으니 어떻게든 반응을 보일 것이라 생각은 했지만 설마하니 이렇게까지 움직일 줄은 몰랐다.

"흔적은?"

"저희가 흉수일 것이라 확신하고 있을 것입니다."

"쯧····· 어쩔 수 없는 일이지. 하지만 좋은 기회야. 그렇지 않나?"

혈마의 물음에 혈뇌는 고개를 숙이며 답했다.

"그렇습니다. 천마성의 전력이 움직이며 그들의 본거지가 비게 된데다, 중원 무림이 천마성을 견제하기 위해 움직이고 있으니 굳이 저희가 숨어들지 않아도 될 것 같습니다."

"숨어들지 않아도 된다?"

"교주님께선 숨을 돌린다, 말씀하셨지만 실제론 관과

171

무림의 추적을 피하기 위함이 아니었습니까? 하지만 복잡하게 돌아가기 시작한 무림이니 굳이 그럴 필요가 없어졌습니다."

"좋은 생각이라도 있나?"

"백도맹을 움직여보는 것이 어떨까 싶습니다."

그의 말에 혈교주는 의외라는 듯 상체를 바로 세운다.

"왜 백도맹이지?"

"그들이 더 썩었기 때문입니다. 겉보기와 달리 내부에서 연일 벌어지는 싸움을 막을 힘이 지금의 백도맹에는 존재하지 않습니다. 그에 반해 사황성은 사황성주를 중심으로 뭉쳐있으니 저희 뜻대로 움직이는 것이 쉽지 않은 일입니다."

"호……! 다시 말해 백도맹은 우리 생각대로 움직일 수 있다는 것인가?"

"예. 이미 그와 관련하여 모든 준비를 마친 상태입니다."

자신 만만한 혈뇌의 말에 혈마는 만족스러운 듯 고개를 끄덕이며 말했다.

"좋다! 네게 이번 일을 맡기도록 하지. 최대한 중원을 흔들어 보는 것이 이번 임무다."

"최선을 다하도록 하겠습니다."

"필요한 모든 것을 지원해 주지."

"제 능력을 확실하게 보여 드리겠습니다."

고개를 숙이는 혈뇌가 웃는다.

드디어 자신의 힘을 발휘 할 순간이 다가온 것이다.

화륵-!

촛불이 옮겨 붙으며 순식간에 재로 변하는 종이.

재조차도 완전히 털어버려 없애버린 낙월은 천천히 의자에 앉는다.

그리곤 잠시 생각하는 듯 하더니 침상 밑에서 작은 목함을 꺼내었다.

"드디어 이걸 사용 할 때가 온 건가."

달칵.

작은 소리와 함께 열린 목함 안에는 투명한 병이 들어 있었는데, 그 안에는 연신 꿈틀거리고 있는 성인 엄지손가락만한 애벌레가 있었다.

"환혈마뇌고. 드디어 네가 세상에 모습을 드러내겠구나. 크크큭!"

환혈마뇌고(幻血魔腦蠱).

고독(蠱毒)의 일종으로 혈교에서 만들어낸 최악의 고독이 바로 환혈마뇌고였다.

중원을 자신들의 세상으로 만들기 위해 부단히 노력한 끝에 만들어 낸 물건인 것이다.

환혈마뇌고는 암수가 정해져 있는데, 수놈은 암놈의

뜻대로 움직이게 되는데 보통의 고독과 다른 점이 있다면 수놈이 내뿜는 특수한 물질로 인해 환혈마뇌고에 당한 사람은 자신도 모르는 사이 암놈을 가지고 있는 자의 뜻대로 움직인다는 것이었다.

오직 혈교의 특수한 무공과 구결이 합쳐져야만 환혈마뇌고를 조종할 수 있었다.

수놈은 일단 몸속에 들어가면 자연스럽게 사람의 뇌에 자리를 잡고, 그곳에서 숙주의 몸에 기생하며 조종하게 된다.

본래 고독이라는 것이 끔찍한 물건이지만 환혈마뇌고는 그 단계를 더욱 높인 물건인 것이다.

병을 들며 내공을 움직이자 투명하던 병 안이 금방 붉게 변한다.

"이 순간을 기대하며 그동안 애새끼의 뒤처리를 하며 숨을 죽이고 있었지."

어느새 그의 눈이 붉게 변한다.

하지만 금세 기운을 감추며 그는 다시 병을 목함에 집어넣었다.

"내일이 기대되는군…… 크큭큭!"

"무슨 일이야? 아침부터 보자고 하고."

제갈강이 옆구리를 긁으며 부스스한 머리로 말을 한다.

온 몸에서 나는 술 냄새와 지분향이 어젯밤에도 계집질을 했음을 알려준다.

"중요한 정보가 있어서 말이야. 계집질이나 하고 다니는 누군가와 달리 난 발바닥에 땀이 나도록 뛰어다닌단 말씀이지."

"시끄럽고, 뭐야?"

낙월의 말을 막으며 시비가 가져온 꿀물을 단숨에 들이키는 제갈강을 보며 낙월은 웃으며 품에 손을 넣었다.

"이게 뭔지 알겠습니까?"

"음? 뭐야, 그 벌레는?"

병 안에 담긴 벌레를 보며 뭐냐는 듯 묻는 제갈강에게 낙월은 웃음 가득한 얼굴로 답했다.

"환혈마뇌고라는 것으로 암놈과 수놈이 있는데, 이건 암놈이야. 고독 중에서도 최악의 물건이라 할 수 있는데 이것에 걸린 사람은 자신도 모르는 사이 암놈을 가진 사람의 뜻대로 움직이게 되지. 바로 지금의 너처럼."

"뭐?"

"숙여."

"컥!"

낙월의 말이 끝나기 무섭게 고개를 숙이는 제갈강!

갑작스런 상황에 당황하며 입을 열려는 그에게 다시 낙월은 명령했다.

"닥쳐. 네게 입을 열라고 허락한 적 없으니까."

우-우웅-.

어느새 붉은 기운으로 가득한 병.

기운에 중독된 것인지 암놈인 벌레가 연신 꿈틀대며 움직인다.

암놈 벌레가 꿈틀거리며 움직일 때마다 특수한 신호가 발산되고 그것을 수신한 수놈이 암놈의 뜻대로 숙주를 조종한다.

"우욱!"

수놈이 움직이며 엄청난 고통이 머리를 휘젓자 제갈강은 자리에 쓰러지며 머리를 부여잡는다.

"어때? 꽤 재미있지? 너 같은 병신 새끼 밑에서 일하면서 얼마나 이를 많이 갈았는지 말이야."

퍽!

발로 놈의 배를 걷어차며 거만한 자세로 의자에 앉는 낙월.

어느새 고통이 가신 것인지 눈물 가득한 얼굴로 낙월을 바라보는 제갈강.

"왜? 믿기지 않지? 큭큭큭."

덥썩!

놈의 멱살을 붙들고 몸을 일으킨 낙월이 차가운 눈을 놈과 마주한다.

"잘 들어. 넌 앞으로 내 꼭두각시가 될 것이다. 내가 시키는 대로 행동할 것이고, 내 명령만 듣게 될 거야. 거스르고 싶다면 그래도 좋아. 지옥과도 같은 고통을 맛보게 해줄 테니까. 또 하나 재미있는 사실을 말해 줄까? 넌 누구에게도 이 사실을 말하지 못해. 왜냐하면…… 내가 허락하지 않았으니까."

우웅-.

붉게 빛나는 낙월의 눈.

그의 손에 쥐어진 병이 붉은 빛을 발한다.

믿을 수 없다는 표정이 가득한 제갈강의 얼굴을 보며 낙월은 만족하는 듯 그를 거칠게 자리에 앉게 만들곤 마주 앉았다.

"아직도 못 믿겠지? 자…… 잘 들어. 넌 앞을 볼 수 없다."

끔뻑.

말이 떨어지기 무섭게 눈이 닫히며 앞이 보이질 않는다.

자신의 의지와는 조금도 관계없이!

"아무런 감각도 느낄 수 없다."

오감(五感)의 모든 것이 사라진다. 아무것도 느껴지지 않는다는 것은 엄청난 공포를 동반한다.

자신도 모르는 사이 소변을 지리는 제갈강.

평소의 강한 모습과 달리 그는 지금의 공포를 이겨내지 못하고 있었다.

그 모습을 보며 낙월은 재미있다는 듯 웃으며 몇 가지 명령을 더 내린다.

"넌 들을 수 없으며, 숨을 쉴 수 없다. 움직일 수도 없다."

마치 시체처럼 축 늘어지는 제갈강.

아무것도 할 수 없는 절망적인 상황에 제갈강은 깊이를 알 수 없는 공포를 느낀다.

마치 천년의 시간이라도 지나간 듯 할 때 몸의 감각이, 호흡이 일시에 돌아왔다.

"허헉, 헉! 헉!"

"크크큭, 어때? 재미있지?"

웃으며 말하는 낙월을 보며 제갈강은 세상에 악마가 있다면 그가 바로 악마일 것이라 생각했다.

낙월을 마주하는 것만으로도 공포로 넘친다.

"내가 시키는 것만 잘하면 괜찮을 거야, 알겠어?"

"뭐, 뭘 시키려는 거냐?"

그 물음에 낙월은 입을 벌려 크게 웃는다.

"세상을 집어 삼킬 거다. 혈교의 깃발 아래."

●

백도맹주이자 검신(劍神)으로 불리는 창천신검(蒼天神劍) 남궁선의 얼굴이 괴이하게 일그러진다.

며칠 전부터 이어진 회의임에도 불구하고 어느 하나 결론이 나는 것이 없었다.

그가 앉아 있는 태사의를 중심으로 좌측으로 오대세가의 일원이, 우측으론 구파일방의 일원이 앉아 사사건건 서로 반대 의견을 내놓고 있었다.

의견을 옳고 그름은 상관없었다.

상대의 의견에는 무조건 반대표를 던지고 보는 것이다.

백도맹이라는 이름으로 뭉쳐 있음에도 불구하고 구파일방과 오대세가 간의 알력 싸움은 멈출지 몰랐다.

어쩔 수 없는 일이었다.

구파일방과 오대세가는 같은 정파이지만 서로간의 영역이 복잡하게 얽혀있는 경우가 많았고, 자연스럽게 다툼이 발생 할 수밖에 없었다.

백도맹이 세워지기 전부터 이어져왔던 것이 사황성과 천마성으로 인해 일시 봉합되었지만 평화가 길어진 지금 다시 싸움이 시작되고 있었다.

'허허, 이럴 시기가 아니거늘.'

한참 시끄러운 회의장을 보며 고개를 흔드는 백도맹주.

그 스스로도 오대세가의 일원이자 천하제일세가로 불리는 남궁세가의 일원임에도 불구하고 지금 벌어지는 행태는 마음에 들지 않았다.

남궁세가의 일원이긴 하지만 그보단 백도맹주로서 살아

온 세월이 더 길기에 그럴지도 모른다.

'천마성이 조용히 있다곤 하나 그들이 움직이기 시작하면 결코 하나가 되지 못한 백도맹으론 그들을 막을 수 없음을 왜 모른단 말인가. 허허, 평화가 너무 길었던 것인가.'

속으로 고민을 하고 있을 때 침묵을 지키고 있던 소림의 장로가 자리에서 일어섰다.

"일단 지금은 천마성의 무리들에 대해 이야기를 나누는 것이 먼저가 아닐 지 싶습니다."

조용히 불경을 외며 자리에 앉는 소림의 장로를 보며 모두들 고개를 끄덕이며 입을 닫는다.

사실 이들이 모인 것은 천마성의 안하무인격인 움직임 때문이었지만, 작은 다툼 때문에 서로간의 싸움으로 번진 것이다.

다시 말해 본제를 뒤로 하고 며칠이나 되는 시간 동안 별 것 아닌 이야기로 싸운 것이다.

그런 분위기를 바꾸기 위해 소림 장로가 나선 것이다.

"이번 기회에 놈들에게 쓴 맛을 보여줘야 합니다! 본맹을 무시하지 않고서야 어찌 놈들이 저리 움직일 수 있단 말입니까!"

"그렇습니다! 아무리 본맹과 어깨를 나란히 하는 천마성이라 하더라도 이렇게 본맹을 무시 할 수는 없는 일입니다!"

피를 토하듯 소리를 지르며 말하는 청성과 공동파의 장로에게 모용세가의 장로가 비웃으며 말한다.

"그리 자신 있으면 청성과 공동이 선두에 서면되겠구려. 우리 모용은 뒤를 든든히 받쳐 드리리다."

"으흠!"

"큼!"

그 말에 입을 다무는 두 사람.

아무리 그래도 천마성을 상대로 선두에 선다는 것이 무엇을 의미하는 것인지 모를 그들이 아니다.

최강의 단일 문파.

그것이 천마성이다.

선두에 서서 가장 먼저 부딪치는 자들은 그것이 누가되었든 몰살에 가까운 타격을 입을 것이 분명했다.

결국 또 다시 자존심 싸움으로 번지는 회의장을 보며 백도맹주는 한숨을 내쉬며 회의 중단을 위해 입을 열려고 했다.

그때 자리에 앉은 채 말이 없던 제갈강이 손을 들었다.

회의실에는 백도맹주의 제자들을 위한 자리가 마련되어 있었지만 자리를 지키고 앉아 있는 것은 제갈강 밖에 없었다.

"제가 한 말씀 드려도 되겠습니까?"

제갈강의 말에 회의장이 조용해졌고 백도맹주의 허락에

그가 자리에서 일어섰다.

"지금 중요한 것은 천마성의 무례함도 아니고, 서로간의 자존심 싸움도 아닙니다. 정작 중요한 것은 이번 사건에 대규모의 화약이 사용되었다는 것과 천마성의 전력이 드러났다는 것입니다."

"큼큼!"

불편한 듯 헛기침을 하는 장로들을 둘러보고 제갈강은 다시 입을 열었다.

"대규모의 화약이 쓰임에 따라 관에서도 움직였습니다만, 어디에서 이만한 화약이 빼돌려진 것인지에 대해선 그들도 알아내지 못했습니다. 이제와 알아낸다 하더라도 일이 커진 만큼 꼬리를 자른 뒤겠지요. 하지만 여기까지는 어디까지나 관의 일이니 만큼 본맹에 괜한 불똥이 튀지 않길 제어하며 지켜만 보면 되는 일입니다. 정작 문제는 천마성의 전력이 평소 저희가 예측하고 있던 것보다 더 강하다는 것입니다."

"제갈세가의 소가주께선 어째서 그런 생각을 하시는 것인가? 천마성은 아직 무력을 직접적으로 드러낸 적이 없네."

청성의 장로가 입을 열자 이곳저곳에서 고개를 끄덕이며 동의한다.

특히 공식적으로 사 공자란 호칭이 있음에도 불구하고

군이 제갈세가의 소가주로 부르는 것은 어떻게든 제갈강의 평을 깎아 내리려는 작은 술수였다.

하지만 이에 굴하지 않고 제갈강은 미리 준비했다는 듯 입을 연다.

"현재 본맹이 가지고 있는 주요 전력은 청룡, 백호, 주작, 현무로 이어지고 있지만 실제로 천마성이나 사황성과 싸움이 일어나기 전에 쓸만한 전력이라곤 맹주님의 직속인 청룡대 밖에 없습니다. 백호, 주작은 어디까지나 서로 생색내기에 지나지 않으니까요."

"말이 심하다 생각하지 않나?"

"전혀요. 실제로 천마성의 마검대와 싸워 이길 수 있는. 아니 버틸 수라도 있는 곳이 있겠습니까? 그나마 청룡대가 아니라면 쉽지 않은 일이겠지요. 설령 마검대가 아닌 지옥수라대라 하더라도 막아 내기 어려울 겁니다."

"그 정도는 아닐세. 맹주님 직속인 청룡대의 강함은 이미 잘 알려져 있는 바이고, 백호와 주작대 역시 결코 만만치 않은 힘을 가지고 있네."

군은 얼굴로 말을 하는 화산의 장로는 향해 제갈강은 고개를 흔들며 다시 한 번 입을 열었다.

"이전까지라면 그런 생각을 할 수도 있었겠습니다만, 지금 상황을 생각해 보십시오. 천마성에서 나온 1만에 달하는 마인을 본맹의 힘만으로 막을 수 있다고 생각하십니까?

전 불가능한 일이라고 생각합니다. 지금 무림의 평화가 이루어질 수 있었던 것은 보이지 않는 끈이 본맹과 사황성을 이어주고 있었기 때문입니다. 천마성을 견제하고자 하는 끈이 말입니다."

정곡을 찔러 들어오는 제갈강의 말에 장로들은 하나 같이 불편한 얼굴을 했지만 누구도 입을 열지 못했다.

사실이기 때문이다.

실제 이 자리에 앉아 있는 사람들 중에 천마성의 무서움을 모르는 사람은 없다고 봐야 했다.

세월이 흐르면서 그들에 대한 두려움이 많이 희석되기는 했지만 여전히 천마성은 강력한 힘을 지니고 있는 곳으로 판단하고 있는 곳이다.

천마성, 사황성, 백도맹으로 이어지는 세력이 무림의 중심을 잡을 수 있는 바탕에는 사황성과 백도맹의 보이지 않는 협력이 있기 때문이었다.

불편한 진실인 것이다.

쉬쉬해도 부족할 판국에 대놓고 이야기를 하니 누가 좋아하겠는가.

하지만 상황을 지켜보고 있던 백도맹주 창천신검은 재미있다는 눈으로 제갈강의 행동을 지켜보고 있었다.

자신이 들인 네 명의 제자들 중에 가장 활약이 두드러지고 있는 것이 그였다. 무공에 대한 재능도 재능이지만 얼마 전부터는 전반적인 임무 수행 능력에 있어서도 다른 제자들을 압도하고 있는 실정이었다.

만약 창천신검이 천마성의 소궁주인 도현을 만나지 않았다면 진즉 그를 정식 후계로 삼았을 것이다.

도현을 눈으로 보고 확인한 순간부터 미래를 위해선 더 뛰어난 제자가 있어야 함을 짐작하고 새로운 제자를 찾기 위해 노력하고 있었지만 쉽지 않은 일이었다.

그만한 재능의 아이를 발견하기도 어렵지만 구파일방과 오대세가로 나뉘어 진 세력들의 방해로 인해 쉬이 움직일 수 없었던 까닭이다.

어쨌거나 한 가닥 기대를 걸고 있던 제자의 행동에 그는 말없이 잠자코 지켜만 본다.

"사부님! 전 지금의 상황이 최고의 기회라고 생각합니다. 제 아무리 강한 맹수라 하더라도 집을 떠난 맹수는 그 힘을 다 할 수 없는 법입니다."

"그래서? 그들을 치기라도 하자는 것이냐?"

사부인 맹주의 물음에 제갈강은 힘차게 고개를 끄덕였다.

"그렇습니다! 본맹과 사황성의 모든 전력이 동원된다면 이번 기회에 천마성이란 커다란 벽을 뛰어넘을 수 있는 절호의 기회가 될 것이라 믿어 의심치 않습니다. 어차피 제어 할 수 없는 힘이라면 기회가 왔을 때에 처리하는 것이 좋지 않습니까!"

제갈강의 발언에 소란스러워지는 회의장.

찬반의견을 넘어서서 천마성을 먼저 친다는 생각을 누구도 하지 못하고 있었기 때문이었다.

말이야 천마성을 공격하느니 마느니 하지만 실제로 거기까지 행동하려는 자들은 없었다.

천마성의 위험성도 위험성이지만 주도권을 상대에게 넘겨 줄 수 없기 때문이었다. 뿐만 아니라 싸움을 일으킴으로서 잃는 것이 많아질 수도 있다는 두려움도 한몫을 하고 있었다.

그런 장로들의 생각을 파악한 듯 제갈강은 그들을 둘러보며 말했다.

"그리고 싸움이 시작된다면 그 선두에 제갈세가가 설 것입니다."

쿵!

침묵이 회의실 전체에 내려앉는다.

"나쁘지 않은 결과로군."

회의실에서 돌아온 제갈강의 보고를 들으며 낙월은 만족스러운 미소를 짓지만 마주 앉은 제갈강의 얼굴은 창백하기 그지없다.

자신이 회의시간에 대체 무슨 짓을 벌인 것인지 알 수 없었기 때문이었다.

어젯밤 그에게 협박을 받긴 했지만 제갈강은 단순한 멍청이가 아니었다.

자신의 행동 하나로 어떤 피해를 입을 줄 알기 때문에 필요하다면 사부에게 도움을 청할 생각이었건만 자신의 의지와 달리 몸은 자신도 어떻게 할 틈도 없이 마음대로 움직이고 있었던 것이다.

놀라운 사실은 절대고수이자 검신으로까지 불리는 사부가 자신의 이상함을 알아차리지 못했다는 것이었다.

"대체…… 대체 환혈마뇌고는 뭐지? 대체 무엇이 길래 사부가 눈치를 채지 못하는 거지?"

중얼거리듯 묻는 그에게 낙월은 비릿하게 웃으며 친절하게 대답해 주었다.

"말했을 텐데? 넌 내가 생각하는 데로 움직이게 될 것이라고. 내게서 죽을 때까지 벗어 날 수 없어. 하지만…… 말만 잘 듣는다면 평생 잘 먹고 잘 살수 있을 거야."

"……쉽지 않을 것이다."

"큭큭, 아직도 다른 생각을 하는 모양인데 집어치우는 편이 빠를 거야. 환혈마뇌고는 일단 걸리는 순간부터 누구도 벗어 날 수 없는 것이니까."

자신의 뺨을 툭툭치는 낙월을 보면서도 제갈강은 아무런 말을 할 수 없었다.

실제로 자신이 경험해보았기에 뭐라 할 말이 없었던 것

이다. 게다가 도무지 반항할 수가 없었다.

지금의 상황을 벗어나고 싶기는 한데, 막상 움직이려니 모든 것이 귀찮아진다.

하지만 제갈강은 몰랐다.

지금 느끼는 기분 하나하나 마저도 낙월의 손아귀에서 놀고 있는 것임을.

아무것도 모른 채 홀로 중얼거리는 제갈강을 보며 낙월은 미소 짓는다. 그 어떤 장난감을 받은 아이들보다 더 환한 웃음을.

빠른 속도로 여러 가지 서류들을 정리하던 혈뇌가 문 밖에서 들려오는 기척소리에 반응한다.

"들어와."

혈뇌의 말과 함께 문이 열리고 들어온 것은 붉은 비단으로 만들어진 옷을 입고 있는 아름다운 여인이었다.

몸의 굴곡이 그대로 드러남에도 불구하고 표정의 변화 없이 손에 든 쟁반 위에 올려진 탕약을 조심스럽게 혈뇌 앞에 내려다 놓는 그녀.

"벌써 약을 먹을 시간인가……."

잠시 약을 바라보던 혈뇌는 단숨에 약을 들이켰고, 기다렸다는 듯 그녀가 입가로 흐르는 약을 부드러운 손수건으로 닦는다.

"후…… 그래, 녀석의 움직임은?"

"아직까지는 시키는 대로 움직이고 있습니다. 하지만 조만간 어떤 식으로든 움직일 것이라 생각됩니다."

차갑지만 정성스러운 말투.

당연하다는 듯 그녀의 시중을 받는 혈뇌.

그녀는 혈뇌의 최측근으로 신분은 시비이지만 실제로는 혈뇌의 오른팔으로 불릴 만큼 수많은 일을 처리하는 여인이었다.

무공을 익히지 못한 혈뇌를 보좌하기라도 하는 듯 그녀는 혈교 안의 여인들 중에서 세손가락 안에 꼽히는 무공 실력을 갖추고 있는 것으로도 유명했다.

뛰어난 미색과 무공 실력.

뿐만 아니라 혈뇌의 보좌를 할 수 있을 정도의 머리를 지닌 그녀는 혈교 안에서도 뛰어난 인재로 손에 꼽혔지만 누구도 그녀를 부릴 수 없었다.

그녀를 부릴 수 있는 것은 오직 한 사람.

혈뇌 뿐이다.

암영혈화(暗影血花)라 불리는 그녀에겐 이름이 없었고, 그런 그녀에게 화영이란 이름을 지어준 것은 혈뇌였다.

"낙월 그놈은 너무 제멋대로야. 예전부터 그랬지."

"이번 임무도 그가 억지로 하겠다고 하지 않았다면 결코 맡기지 않았을 겁니다."

"후후후, 넌 그리 생각할지 모르겠으나 이번 일에는 녀석이 적격했다. 제 마음대로 하려는 성향이 강하긴 하나, 임무를 실패한 적은 없지 않더냐."

혈뇌의 말에 그녀는 얼굴을 찡그린다.

확실히 임무를 실패한 적은 없었다. 다만, 여러 가지로 사고를 치고 다닐 뿐이지.

"자유분방한 놈이니 큰 의심 받지 않고 이번 일을 성공시킬 수 있었을 것이야. 하지만 그 자유분방함이 때론 문제가 되기도 하지. 시킨 것은?"

"성공적으로 자리를 잡았습니다. 자신도 알 수 없을 것입니다."

"후후후, 그래야지. 그렇지 않다면 귀한 환혈마뇌고를 녀석에게 먹인 이유가 없지 않느냐. 재미있지 않느냐? 환혈마뇌고에 이미 중독된 자가 또 다른 중독자를 움직이다니 말이다."

아무렇지 않게 웃는 혈뇌.

눈앞의 화영과 함께 왼팔이라고도 할 수 있었던 낙월에게 환혈마뇌고를 심어 둔다는 것은 혈뇌가 그를 믿지 않고 있다는 것이었다.

잔인 할 수도 있는데도 불구하고 화영의 얼굴은 변화가

없다.

오히려 그것이 당연하다는 얼굴이었다.

"남은 환혈마뇌고는 몇 개나 되느냐."

"십여 개가 남은 것으로 알고 있습니다. 효과는 지대하나 생산이 따르지를 못하고 있습니다."

"어쩔 수 없는 일이지. 하지만 얻기 어려운 만큼 그 효과는 뛰어나니 환혈마뇌고를 만드는 것에 지원을 아끼지 않도록 해라. 차후 본교가 중원을 지배하는데 중요한 역할을 할 것이니."

"명!"

고개를 숙이고 방을 빠져나가는 그녀를 보던 혈뇌의 시선이 다시 보고서를 향한다.

쉬지 않고 일을 하는 와중에도 그의 머릿속은 빠르게 회전한다.

◑

쉬지 않고 어두운 풍로를 걷던 도현의 발걸음이 마침내 멈춘다.

무려 한달이 넘는 시간이 걸린 끝에 통로 한쪽을 정복한 것이다.

꽉 막혀있는 벽.

그 많은 바람이 불어서 어디로 사라지는 것인지 알 수 없을 정도로 딱 막혀 있는 벽을 손으로 더듬던 도현의 시선이 허공으로 향한다.

"역시……."

과연 종유석이 가득 달려 있어야 할 천장이 없었다.

풍로와 비슷할 정도의 입구가 위를 향해 크게 뚫려 있었다. 하지만 어딘가에서 다시 구부러지는 것인지 하늘이 보이진 않는다.

휙!

손에 들고 있던 광석태를 힘차게 던져보는 도현.

끝없이 올라가던 광석태가 어느 순간 힘을 잃고 떨어져 내린다. 그것을 재빨리 받아 든 도현은 끝이 없을 정도로 높이 이어진 통로에 고개를 저었다.

"생각보다 더 높은 모양이네. 내공을 실어서 던지고 싶지만…… 양이 좀 적나?"

손에 든 광석태의 양은 그리 많지 않다.

겨우 앞을 밝힐 정도라 자칫 잃어버릴 경우 곤란해질 수도 있었다.

내공의 고수가 되면 어둠속에서도 어느 정도 형체를 알아 볼 수 있다곤 하지만 이곳은 어두워도 너무 어두운지라 도현도 쉽게 형체를 구분 할 수 없을 정도였다.

게다가 광석태가 없었다면 지난 시간동안 쉬이 견딜 수

없었을 것이다.

자신이야 그렇다 치더라도 소진과 빙설하의 경우는 더욱 그럴 테다.

"에휴……."

빙설하를 떠올리자 절로 한숨이 나온다.

마치 어린아이가 되어버린 듯한 그녀는 소진과 자신에게 매달려 떨어질지 몰랐는데, 특히 자신에게 달라붙을 때는 곤혹스럽기 그지없었다.

이미 자랄 대로 자란 그녀의 농익은 육체가 밀접해오는 것이니 건장한 사내인 도현으로선 쉬이 넘길 수 있는 일이 아닌 것이다.

초인적인 참을성과 평소 예미영을 보며 단련시켜온 이성이 아니었다면 벌써 사고를 쳐도 여러 번 쳤을 터다.

괜히 미영에게 고마워지는 도현이었다.

"설하의 문제는 여유만 있다면 시간을 두고 여러 가지 실험을 해보고 싶을 정도인데 말이야. 단순히 시간을 역행한 것인지 아니면 새로운 인격인지 알 수가 없단 말이지? 하긴 어린 시절의 설하를 본 것도 아니니."

고개를 가로 젓는 도현.

정신을 차린 이후 그녀는 어린 아이와 같은 행동을 일삼고 있었는데, 그것이 과거로 돌아간 것인지 아니면 새로운 인격인 것인지 알 수 없었다.

이미 많은 의서를 통해 여러 가지 경우가 있다는 것을 알고 있는 도현이다.

그런 경우에 도입을 하고 싶지만 그럴 수도 없는 것이 빙설하의 실력은 그대로라는 것이었다.

그것도 무의식적으로 힘을 사용하는 것이 아니라 분명 의식으로 자신의 실력을 드러내고 있었다.

물론 자신과 소진의 이야기가 없다면 절대로 실력을 발휘하진 않지만 그녀는 분명 자신이 익히고 있던 무공을 그대로 사용 할 수 있었다.

"여기서 또 문제는 자신이 어떤 초식을 사용하는 것인지 알지 못한다는 것이지. 하는 행동으로 봐선 거짓도 아닌 것 같고."

설하에 대해서 생각하면 머리만 복잡해진다.

그렇게 되돌아가기 위해 쉬지 않고 움직이던 도현의 발을 붙든 것은 날아가던 종유석이 부딪친 장소를 보고 나서였다.

"뭐지?"

풍로 곳곳에 종유석들이 날아가다 부딪친 흔적이 가득하지만 지금 보고 있는 것은 무엇인가 달랐다.

올 때는 몰랐었는데 지금 다시 보니 벽 너머로 또 다른 무엇인가가 있었다.

"이건…… 벽?"

가까이서 살펴보던 도현은 깜짝 놀랐다.

분명 종유석의 그것과 같은 것이 동굴을 가득 뒤덮고 있음에도 그 너머로 인위적으로 만든 것이 분명한 벽이 존재했던 것이다.

손으로 여러 차례 두드려 보지만 벽이 두꺼운 것인지 들려오는 소리가 없다.

하지만 어떻게 찾은 흔적인가.

이대로 돌아갈 수는 없었다.

"어디……."

충격으로 인해 무너질만한 구조가 아니라 확신한 도현은 주먹에 내공을 밀어 넣기 시작했고, 빠르고 강하게 벽을 후려친다!

콰앙-!

굉음과 함께 풍로 전체가 크게 흔들린다.

조금 떨어진 곳에서 종유석들이 떨어지는 것인지 여러 소리들이 들려왔지만 도현의 시선은 자신이 때린 벽에만 집중되어 있었다.

놀랍게도 벽을 뒤덮고 있던 석회들이 떨어져나가며 꽤 큰 벽이 모습을 드러낸다.

"흔적도 안남아?"

당황하는 도현.

제법 내공을 실어 때렸음에도 불구하고 벽에는 어떠한

상처도 남아있지 않았다.

되려 자신의 손이 은근히 아플 정도다.

욱씬, 욱씬.

"내 손이 아플 정도라면…… 이 벽이 스스로 반탄지기라도 일으킨다는 건가?"

멍한 표정으로 벽을 쓰다듬는 도현.

그러지 않고선 자신의 손이 아픈 현상을 결코 이해 할 수 없었다.

어디서도 반탄지기를 일으키는 돌에 대해 들어본 기억이 없었다.

천마성에 있는 엄청난 서적을 전부 읽은 도현조차도 도저히 알 수 없는 힘을 지니고 있는 돌이었다.

"다시 한 번……."

우우웅!

동굴의 특성상 모든 힘을 발휘 할 수는 없지만 무너지기 직전의 아슬아슬할 정도라 생각되는 곳까지 내공을 끌어올린다.

굳게 쥔 오른 주먹에 강한 힘이 들어찼다고 느껴질 때 도현은 주먹을 내질렀다.

"핫!"

콰앙!

굉음과 함께 다시 한번 풍로 전체가 크게 흔들린다.

"크윽–!"

비명과 함께 뒤로 물러서는 도현.

내지른 주먹은 피로 가득했고, 팔 전체에서 강렬한 고통이 밀려든다.

팔을 회수하는 것이 조금만 늦었어도 자칫 어깨가 탈구될 뻔할 정도로 눈앞의 돌은 엄청난 반발력을 자랑하고 있었다.

"맙소사⋯⋯!"

역시나 흔적하나 남지 않는 벽을 보며 도현은 벌어지는 입을 다물 수 없었다.

결국 힘으로 하는 것을 포기하고 벽에 달라붙어 여러 가지로 살피기 시작하는 도현.

풍로에 가득 부는 바람을 두 번이나 견디며 알아낸 것은 그 끝을 알 수 없을 정도로 강력한 반발력을 지니고 있다는 것과 높이 1장 가로로 2장 정도의 크기라는 것이었다.

어째서 이런 곳에 이런 것을 만들어 놓았는지 알 수 없지만 확실한 것은 사람이 아니고선 만들 수 없다는 것이었다.

"대체 이만한 반발력을 지닌 돌을 이런 식으로 다듬으려면 얼마나 많은 힘을 필요로 하는 것이지?"

생각하면 할수록 말도 안 되는 이야기다.

다만 확실한 것은 자신의 사부인 패마가 온다 하더라도 결코 쉬운 일은 아닐 것 같다는 것이다.

"시간을 두고 알아보는 수밖에 없겠는데……."

고개를 저으며 다시 복귀하는 도현.

힘들게 발견한 벽 때문에 평소보다 복귀가 많이 늦어졌으니 상당히 걱정하고 있을 터였다.

"벽이요?"

"엄청난 반탄력이었어. 자칫 어깨가 빠질 뻔했으니까."

도현의 말에 소진은 고개를 갸웃거린다.

그녀 역시 적지 않은 지식을 가지고 있지만 그런 돌에 대해선 들어본 기억이 없기 때문이다.

"밥 줘, 밥!"

연신 안겨들며 밥을 달라고 칭얼대는 빙설하 때문에 소진은 더 이야기를 하는 것은 중단하고 한쪽에 놓아두었던 이끼를 가져가다 주었다.

그것을 보곤 얼굴을 찡그리는 설하.

"히잉…… 이거 맛없어."

"이것 밖에 없으니 어쩔 수 없어."

"맛없어!"

연신 칭얼대면서도 이끼를 받아드는 것이 상황이 어쩔 수 없다는 것 정도는 인식하고 있는 모양이었다.

풍부한 표정을 지으며 움직이는 그녀를 보며 소진은 한숨을 내쉬었다.

아무리 봐도 적응이 되질 않는다.

얼음 같던 그녀의 얼굴 표정이 저리 다양한 것도 놀랍지만, 서로의 목숨을 취하기 위해 싸우던 사이가 맞는 것인지 알 수 없을 정도로 친하게 굴고 있었다.

"너무 신경 쓰지 마. 어차피 이전의 기억은 없을 테니까."

"알고 있어요. 그래도 신경 쓰이는 것은 어쩔 수 없나 봐요."

쓰게 웃으며 대답하는 소진을 보며 도현 역시 쓰게 웃는다.

말을 하고 있는 자신도 틈만 나면 그녀의 행동을 관찰하고 있기 때문이었다.

"그보다 발견했다는 벽은 이곳에서 멀어요?"

"거의 끝부분이니 꽤 멀다고 봐야하겠지. 자고 일어나면 광석태를 좀더 넉넉히 가지고 가볼 생각이야. 벽이 아니더라도 풍로의 끝에는 위쪽으로 통로가 뚫려 있는데 그 높이를 짐작 할 수가 없거든."

"음…… 차라리 내일은 함께 움직이는 것이 낫겠네요. 매일 이곳에만 있는 것도 그러니……."

그녀의 말에 도현은 잠시 고민하다 고개를 끄덕였다.

아무리 밤낮 구분이 없는 곳이라곤 하지만 한 장소에서만 오래 머물다보면 좋지 않은 영향을 받기 마련이다.

　이번 기회에 충분히 움직일 겸해서 함께 움직이는 것도 나쁘지 않은 선택이었다.

　"흐아아앙!"

　설하의 비명과 함께 풍로에 거세게 몰아치는 바람.

　동굴의 틈에 숨었음에도 엄청난 압력에 당장이라도 몸이 날려갈 것만 같다.

　"조금만 참아. 곧 끝날 거야."

　설하를 꼭 끌어안은 채 그녀를 안심시키면서 소진은 매일 같이 이곳을 드나들었던 도현을 바라보며 고개를 흔든다.

　바람이 세차게 부는 곳이라 듣기는 했지만 이렇게 위험할 정도로 분다는 설명을 들은 적이 없기 때문이었다.

　만약 이번에 함께 오지 않았다면 끝까지 몰랐을 수도 있었다.

　그런 그녀의 시선에 도현은 몸을 숨긴 상태에서도 작게 웃으며 시선을 피한다.

　괜한 걱정을 하지 않도록 말하지 않았다는 것을 방금 전까지 깜빡 잊고 있었던 것이다.

　쐐애액!

쿠쿵! 쿵!

굉음과 함께 천천히 바람이 줄어들기 시작했고, 도현들은 다시 앞으로 걸어가기 시작했다.

도현과 소진의 양손에는 광석태가 가득 들려 있었고 덕분에 평소보다 더 밝은 상태로 움직일 수 있었다.

그런 두 사람과 달리 설하는 그곳에서 가져온 진흙 덩어리로 연신 장난을 치며 손에서 놓지 않는다.

그렇게 한참을 움직인 끝에 도현들은 목적했던 곳에 도착 할 수 있었다.

"정말로 벽이네요? 아주 정교하게 쌓아서 만든 것 같은데…… 겉보기론 평범한 돌과 크게 다를 것이 없어 보이네요."

"나도 그렇게 생각했는데 실제로는 전혀 아니더라고. 동굴이 무너지지 않을 한계치라고 생각하고 쳤는데도 아무런 흔적도 남질 않았어. 지금도 봐봐 깨끗하잖아."

"그러고 보니 그러네요. 음…… 우선 이건 두고 통로 끝으로 가 봐요. 멀지 않죠?"

"바로 앞이야."

도현의 안내에 따라 소진이 움직일 때 설하는 움직이지 않고 벽에 가져온 진흙 덩어리를 바르며 그림을 그리고 있었다.

어차피 멀지 않은 곳이기에 그녀를 두고 움직이려 했지만

언제 알아차린 것인지 설하가 재빨리 소진의 옷자락을 붙들
며 따라 붙는다.

"혼자 있는 거 싫어!"

볼을 부풀리는 그녀.

여간 귀여워 보이는 것이 아닌 그녀의 얼굴에 소진은 피
식 웃으며 그녀의 손을 붙잡았다.

"으음…… 어지간해선 이쪽으로 탈출하는 것은 포기하
는 것이 좋겠네요."

통로에 가득한 진득한 물체를 만지며 말하는 소진에게
도현은 동의한다는 듯 고개를 끄덕였다.

가지고온 광석태를 던져본 결과 거의 끝이 보이지 않을
정도로 통로는 무척 길었고, 약 삼장쯤에서부터 정체를 알
수 없는 끈적한 물체가 가득해 올라 갈 수 없었다.

무엇인지 알 수 없지만 무척 미끄러운 데다 두께도 보통
이 아닌지라 벽을 딛고 올라 갈 수도 없게 되어 있었다.

"결국 그 벽을 어떻게 해보는 수밖에 없겠네."

"그러네요. 일단 가서 다시 두드려보죠."

소진의 말에 일행은 곧장 벽이 있는 곳으로 돌아갔는데,
가는 동안 풍로를 가득 채우는 바람이 또 불어왔기에 올
때보단 약간 시간이 걸릴 수밖에 없었다.

"핫!"

콰앙!

기합과 함께 도현의 주먹이 벽을 후려친다.

주먹을 통해 느껴지는 반탄지기에 재빨리 뒤로 물러서며 힘을 해소하는 도현.

동굴이 작게 흔들리지만 떨어질 종유석들은 다 떨어진 것인지 큰 위험은 없었다.

"정말 흔적도 없네요."

놀라운 듯 벽을 쓰다듬으며 살피던 소진은 이번엔 자신이 나서서 벽을 향해 장법을 펼친다.

퍼펑!

"윽!"

제법 떨어진 곳에서 장법을 펼쳤음에도 반탄 되어 날아드는 기운이 상당하다.

어째서 이런 힘을 가지고 있는 돌이 이제까지 알려지지 않은 것인지 알 수 없을 정도였다.

아니, 이런 돌을 가지고 있는 것만으로도 많은 사람들에게 시달릴 것이 분명했다.

철퍽 철퍽!

아직 마르지 않은 진흙을 벽에 치대며 노는 설하를 뒤로 하고 벽의 이곳저곳을 살피며 이야기를 나누는 두 사람.

쉬이이……!

그때 공기가 움직이는 소리가 나기 시작했고, 세 사람은 재빨리 동굴 벽의 틈을 찾아 몸을 숨겼다.

그리고 얼마 지나지 않아 풍로 전체를 휩쓰는 강한 바람이 불어온다.

쐐애애액!

콰콰콰!

평소보다 더 거친 바람이 불어온다 싶더니 부러진 종유석들이 한 가득 날아온다.

콰쾅! 쾅-!

굉음과 함께 사방에서 비산하는 돌가루들.

근 일각을 이어진 바람은 천천히 잠들기 시작했고, 그제야 도현들은 밖으로 나올 수 있었다.

"평소보다 더 거칠게 부는데?"

"엄청나네요. 저 큰 종유석들이 바람에 부러지며 날아오…… 어?"

말을 하다 말고 멈추곤 재빨리 벽을 향해 달려가는 소진.

그녀가 보고 있는 곳엔 날아든 종유석에 벽의 일부가 부서져 나간 곳이었다.

방금 전까지 깨끗하던 벽이 무슨 영문인지 날아든 종유석에 부서진 것이다. 흔적이 많지는 않지만 분명 벽의 일부가 부서져 있었다.

"종유석이 날아드는 힘보다 우리가 쓴 힘이 약하다곤 생각되지 않는데? 다른 이유라도 있는 건가?"

"음…… 다른 벽과 다른 것이라면 이것뿐이지 않을까요?"

말과 함께 그녀가 가리키는 것은 방금 전까지 설화가 벽에 바르며 놀던 진흙이었다.

과연 진흙이 발라진 곳만 벽이 상해 있었고, 다른 곳들은 처음과 같이 멀쩡했다.

"일단 좀 떨어져 봐봐."

도현의 말에 재빨리 벽과 거리를 벌리는 소진.

물러선 것을 확인한 도현은 즉시 주먹에 힘을 실어 진흙이 발라져 있는 벽을 강하게 때렸다.

쾅-!

후두둑!

굉음과 함께 벽의 일부가 부서져 나간다.

주먹으로 느껴지는 반탄력도 눈에 띄게 줄어들어 있었다.

"이거 참…… 해답을 찾은 것 같은데?"

영문을 몰라 하는 빙설하를 보며 도현이 말하자 소진은 작게 웃었다.

8 章.

8 章.

사황성주 사황신권 사독은 눈앞의 비밀 서찰을 보며 재미있는 듯 웃는다.

하지만 그의 두 눈은 그 어느 때보다 차갑게 빛나고 있었다.

화륵!

눈 깜짝 할 사이 손에 들려 있던 서찰이 불타오른다.

가공할 삼매진화.

홀로 남은 집무실에서 책상을 손가락으로 두드리며 한시진을 넘게 생각을 하던 그가 자리에서 일어서며 밖을 보고 소리쳤다.

"대회의를 열 것이다. 참석 가능한 모든 이들에게 이틀 안으로 집결 할 것을 명한다. 즉시 전달하라."

"존명!"

명령이 떨어지기 무섭게 문 밖의 기척들이 사라져간다.

사황성의 대회의에 참석 할 수 있는 자들은 사황성의 장로들을 비롯해 주요 전력들. 그리고 사황성을 떠받치고 있는 각 문파의 수장들로 제한되어 있었다.

그렇다 하더라도 한번 대회의가 열리면 수백에 이르는 인원이 대전에 들어서게 되는데, 그만큼 사황성의 규모가 크다는 것이다.

"큭큭, 늙은이가 조바심을 내는 것인가 아니면 다른 누군가가 움직이는 것인가. 하긴 무림의 평화가 길긴 길었지."

작게 웃으며 턱을 쓰다듬는 그의 시선이 방 한 곳에 걸려 있는 지도를 향한다.

와글와글.

도저히 조용해질 것 같지 않은 대전.

수백에 이르는 인원들이 모여들다보니 오랜만에 만나는 사람들끼리 인사를 하는 것만으로도 귀가 아플 정도로 시끄럽다.

그들 중에는 사이가 좋지 않은 자들도 있어 당장이라도 싸울 듯 시끄럽게 구는 자들도 있었지만 누구하나 말리지 않는다.

갑작스런 대회의이기에 급하게 달려오느라 몰골이 엉망인 자들이 대부분이었지만 그래도 무려 삼 년 만의 대회의이기 때문에 어떻게 해서든 참석하기 위해 많은 이들이 무리하게 달려오고 있었다.

"성주님 드십니다!"

쿠쿵!

대전 안을 가득 울리는 목소리와 함께 무거운 북소리가 울리며 태사의가 놓인 뒤편의 문이 열리고 사독이 천천히 모습을 드러낸다.

"사도의 하늘을 뵙습니다!"

쩌렁 쩌렁.

대전 안을 가득 채우는 거대한 함성에 사독은 당연하다는 듯 고개를 끄덕이며 자신의 자리에 앉는다.

그것이 신호라도 되는 듯 일제히 침묵을 유지하는 사람들.

"자리가 제법 비는군."

사독의 말에 모두의 시선이 빈 자리로 향한다.

사황성의 장로들을 비롯한 주요 인물들은 임무를 위해 나간 자들을 제외하곤 다들 자리에 있었고, 빈 자리의 대다수는 사황성의 하부 문파들의 자리였다.

"아무래도 급작스레 열린 대회의다 보니 어쩔 수 없지 않겠습니까?"

장로들 중 한 사람이 나서서 이야기하자 사독은 알고 있다는 듯 고개를 끄덕이며 손을 휘젓는다.

"알아, 알아. 나도 그냥 해본 말이야. 이틀 만에 전원이 참석하는 것은 아무래도 어려운 일이겠지."

그 말을 끝으로 사독은 더 이상 입을 열지 않았다.

그저 차가운 눈으로 수하들을 바라보기만 할 뿐.

차가운 기운이 날카롭게 맴도는 대전의 공기에 숨이 막힐 때쯤 사독은 천천히 자리에서 일어섰다.

"참 오래전이었지. 온 몸에 가득 피를 뒤집어쓰고, 온 몸의 기운이 메말라 갈 때까지 주먹을 휘둘렀던 것이."

울컹.

그의 몸에서 물씬 풍기는 피 냄새와 강렬한 사기가 대전 안을 가득 채워나간다.

"그립지 아니한가? 하루하루 목숨을 불태워가며 자신의 모든 것을 쏟아 부을 수 있었던 그날이!"

우우웅!

사독의 몸에서 터져 나오는 거대한 사기(邪氣)가 대전 안의 사람들을 숨도 쉴 수 없을 만큼 죄여간다.

하지만 사람들의 눈은 그런 것을 느낄 틈도 없다는 듯 사황성주를 향한다.

"지루했어. 너무 지루했다! 평화의 시대가 너무 길었단 말이다! 만마대주!"

성주의 부름에 멀리 떨어지지 않은 곳에서 중년 사내가 툭 튀어나오더니 오체투지한다.

사천만마대(邪天萬魔隊)를 이끄는 독안소검(獨眼嘯劍)이 우렁차게 답한다.

"하명하십시오!"

"사천만마대는 싸울 준비가 되었나!"

"명령만 내려 주신다면 언제든 주군을 위해 검을 들 것입니다!"

"혈랑대주는 어디에 있는가!"

성주의 부름에 재빨리 앞으로 튀어나가며 독안소검보다 조금 뒤쳐진 곳에 오체투지를 하는 사내.

구유혈랑대(九幽血狼隊)를 이끄는 사겸(死鎌)이었다.

"하명하십시오!"

"구유혈랑대는 싸울 준비가 되었나!"

"이 목숨 언제든 주군을 위해 바칠 준비가 되어 있나이다!"

강직하게 외치는 그를 보며 만족스러운 듯 고개를 끄덕이던 성주의 시선이 아직 부르지 않은 다섯 개의 무력부대를 이끄는 대주들에게 향한다.

"그대들은 어떠한가?"

"명령을 내려 주십시오!"

일제히 오체투지하며 외치는 그들.

고조되는 기운에 자리에 했던 문파의 주인들의 안색이
점차 변하기 시작한다.

평화의 시대가 너무 길었던 탓인지 이제와 다른 세력과
의 싸움을 바라는 것은 사황성의 무인들 정도이지, 사황성
을 받치고 있는 문파들의 주인들은 더 이상의 싸움을 바라
지 않고 있었다.

지난 싸움의 피해를 이제야 완전히 회복한데다 사황성
의 비호아래 오랜 시간 충분히 배를 찌울 만큼 성세를 누
렸기 때문이었다.

세력 간의 싸움이라는 것은 지금까지 누렸던 모든 것을
잃을 수도 있지만 더 많은 것을 얻을 수도 있다.

하지만 이 자리에 있는 누구도 더 많은 것을 얻을 수 있
을 것이라 생각하는 자는 없었다.

입 밖으로 이야기를 하지 않을 뿐이지 중원을 삼분 하고
있는 세 세력 중 가장 약한 곳이 사황성이란 사실을 다들
알고 있기 때문이었다.

그런 문주들의 기색을 보며 사황성주 사독은 입 꼬리를
비튼다.

"만마대주!"

"하명하십시오!"

성주의 부름에 독안소검이 우렁차게 대답한다.

"내 명을 따르지 않는 자들이 보이는 군."

"즉시 처리하겠나이다!"

고개를 숙이며 대답한 그가 자리에서 일어서며 몸을 돌린다.

어느새 그의 하나 밖에 남지 않은 눈이 붉은 빛을 뿌리며 강한 살기를 뿌리기 시작했다.

"사천만마대는 무엇을 하는가! 즉시 주군의 명을 거역하는 자들의 목을 쳐라!"

"명을 받듭니다!"

대전 전체를 울리며 그림자에서 솟아나듯 은밀하게 모습을 드러낸 사천만마대의 무인들이 각자의 무기를 휘두른다.

서컥-!

날카로운 소리와 함께 사방으로 튀는 피.

눈 깜짝할 사이에 수십의 목이 떨어져 내리고, 갑작스런 상황에 당황한 무인들이 일어서려 했지만 날아드는 살기에 쉽사리 움직일 수도 없었다.

"배신자 마흔여섯의 처리를 완료했나이다!"

"수고했다."

성주의 칭찬에 고개를 숙인 그가 다시 자신의 자리로 움직이자 어느새 사천만마대원들 역시 사라져 있었다.

코끝을 찌르는 혈향과 죽은 시신이 아니었다면 꿈이라 생각했을 정도로 신속한 움직임이다.

"방금 죽임을 당한 이들은 본성을 배신한 배반자들이다. 본성의 피를 빨아먹는 쓰레기 같은 놈들이었지."

사독의 말에 누구도 토를 달지 못했다.

지금과 같은 상황에서 그에게 토를 달수도 없지만, 반대를 하는 순간 죽어서 누워있는 이들과 크게 달라질 것이 없다고 여긴 것이다.

잠시 뒤 사독의 손뼉과 함께 기다렸다는 듯 무인들 몇이 들어오더니 시신들을 가지고 사라진다.

"자, 이제 어느 정도 준비가 된 것 같군. 이틀 전 백도맹의 늙은이로부터 재미있는 서찰을 받았지. 그리고 고심 끝에 난 백도맹 늙은이의 제안을 받아들이기로 했다!"

모두의 이목이 집중되며 긴장감이 고조된다.

그 느낌을 즐기며 사독은 천천히 입을 열었다.

"오늘부터 중원 무림의 세력 판도는 뒤바뀔 것이다! 천마성을 짓밟는다!"

◗

흔히들 천마성 전력의 4할은 패마가 가지고 있다고들 한다. 그만큼 패마의 힘은 일반적인 범주를 벗어나는 강함을 자랑했던 것이다.

그렇다고 해서 천마성 본래의 힘이 약한 것도 아니다.

마인들 특유의 빠른 성장과 파괴적인 힘을 천마성은 잘 다스리며 적재적소에 마인들을 투입하고 있었고, 그 결과 천마성은 무림 단일세력 최강이란 이름을 얻을 수 있었다.

천마성에서 가장 하위 무력부대는 잔살마혼대(殘殺魔魂隊)다.

가장 약하지만 어디까지나 천마성의 분류에서였을 뿐, 그들이 움직이면 어지간한 문파로는 막을 수 없다.

어찌되었건 천마성은 그 자체로 강철의 괴물과 같았다.

그런 괴물을 무너트리기 위해선 특단의 조취가 필요한 법이었다.

"흠…… 삼자 회의라."

"사부님과 사황성주가 패마를 회의를 한다는 빌미로 불러내어 제거 할 수만 있다면 중심을 잃은 천마성은 어렵지 않게 처리 할 수 있을 것입니다."

"어지간한 사항으론 그를 불러 낼 수 없음을 알고 있느냐?"

백도맹주 남궁선의 물음에 제갈강은 당연하다는 듯 고개를 끄덕인다.

"평소라면 불가능했을 것이나 지금이라면 가능할 것입니다. 이미 기존의 틀을 깨고 움직인 것이 천마성입니다. 아무리 안하무인으로 움직인다 하더라도 본맹과 사황성의 움직임에 촉각을 세울 수밖에 없을 것입니다. 게다가 이번 일로 인해 없지 않아 피해를 입은 것도 사실이니 이점을 들춘다면 충분히 끌어 낼 수 있을 것입니다."

"이번 일을 미끼로 쓴다? 나쁘지 않은 생각이로구나."

말은 그렇게 했지만 남궁선의 눈은 제갈강의 말투와 행동 그 모든 것을 눈에 담고 있었다.

'부족하다 생각했었는데 내 착각이었던 것인가?'

자신의 눈을 의심할 정도로 넷째 제자인 그는 많은 것이 달라져 있었다.

그동안 제자들 중 가장 두각을 드러내는 것은 맞았지만, 지금처럼 활발한 의견 개진은 물론이고 솔선수범하는 모습까지. 그간 쉬이 볼 수 없었다.

지금의 모습만 놓고 본다면 충분히 자신을 대신해 백도맹을 이끌어 갈 수 있는 인재처럼 보이고 있었다.

그러면서도 남궁선은 제갈강에 대한 의심을 거두지 않는다.

하루아침에 변하는 인간은 존재 할 수 없다.

갑작스레 사람이 바뀌었다면 무엇인가 있다는 뜻이다. 남궁선은 지금 그 무엇인가를 찾아내려 하고 있었다.

계속해서 이어지는 제갈강의 말에 적당히 호응하며 남궁선의 시선은 제갈강의 모든 것을 눈에 담는다.

과거 제갈강의 모습과 비교하지만 사소한 버릇까지 전부

그대로였다.

말을 하면서도 자신의 눈을 제대로 쳐다보지 못한다던지, 습관적으로 왼다리는 떤다던지.

특히 그의 몸에서 흘러나오는 기운은 크게 변한 것이 없다.

다시 말해 사람이 바뀐 것은 아니라는 소리였다.

'외적인 요소인 것인가? 이 점은 알아보면 될 일이지. 어차피 지금 중요한 것은 무림의 폭탄과도 같은 천마성을 없애는 것이니.'

남궁선의 눈은 미래를 향한다.

도저히 그 속을 짐작 할 수 없는 천마성을 이번 기회에 없애버리는 것이 천하 무림의 안녕을, 정파의 미래를 더욱 밝게 만드는 것이라 믿어 의심치 않았다.

결정적으로…… 그의 육체는 원하고 있었다.

과거 마음 껏 힘을 발산했던 그 시절을.

"좋다. 네 생각대로 해보자꾸나. 이미 각 파의 정예들이 은밀하게 본맹을 향해 움직이고 있다. 사황성 역시 함께 움직이도록 했으니 이번 기회를 놓치지 않아야 할 것이다."

"명심하겠습니다."

"호랑이는 상처를 입어도 맹수다. 상처 없이 맹수를 잡는다는 것은 무척이나 어려운 일이다. 어느 정도 내어주는 한이 있더라도 놈들의 씨를 말려야 할 것이다."

남궁선의 차가운 말에 제갈강이 몸을 부르르 떤다.

하지만 이내 고개를 깊이 숙인다.

"최선을 다하겠습니다!"

'좋아! 기회가 왔다!'

자신의 방으로 향하는 제갈강의 입꼬리가 절로 올라간다.

비록 자신의 머리에는 환혈마뇌고가 틀어 박혀 있어, 낙월이 시키는 대로 움직일 수밖에 없지만 자신에게 기회가 왔음을 부정할 수 없다.

시키는 대로만 한다면 자신의 목숨을 빼앗지 않겠다고 낙월은 약속했다.

'낙월이 시키는 대로 했더니 내게 기회가 왔다. 어차피 큰 것을 얻기 위해선 작은 희생을 해야 하는 법이지. 혈교가 세상을 점령하더라도 세상을 지배하기 위해선 충분한 힘을 필요로 하는 법이니, 난 그곳에서도 꽤 중요한 자리를 차지 할 수 있을 것이다. 제일 좋은 것은 백도맹을 이어받는 것이지만.'

제갈강은 머리 회전이 빨랐다.

어차피 고독에 걸린 이상 낙월의 명을 듣지 않고선 살아날 방법이 없다.

그렇다면 최대한 자신에게 유리한 방향으로 움직일 필요가 있는 것이다.

세상이 혈교의 뜻대로 움직이고 있다는 것을 자신의 두 눈으로 보지 않았는가.

혈교가 정식으로 모습을 보이고 세상을 집어 삼키게 된다면 그곳에서도 충분한 권력을 누리기 위해선 지금부터 많은 것을 준비할 필요가 있었다.

"후후후……!"

작게 웃으며 집무실의 문을 열자 낙월이 여유롭게 앉아 자신을 기다리고 있는 모습이 보인다.

"얼굴을 보니 일이 잘 풀린 모양이로군."

"네가 시키는 대로 말을 했더니 사부님께서 전부 내게 맡기시겠다는군. 이미 사황성에서 본맹과 함께 움직이기로 결정했고, 이번 일 역시 그쪽에서도 동참하게 될 것 같다."

"나쁘지 않군. 하지만 명심해라. 절대로 들키지 마라."

손가락으로 머리를 툭툭 치며 말하는 그에게 제갈강은 당연하다는 듯 고개를 끄덕이며.

"내 목숨이 걸린 일이니 걱정하지 마라. 그리고 하나만 부탁을 해도 되겠나?"

"뭐지?"

"일이 잘 풀린다면…… 혈교가 세상을 차지했을 때 내게 이곳을 줄 수 있겠나? 그렇다면 지금보다 더 최선을 다하지."

진지하게 말하는 제갈강을 보며 낙월은 미소 지었다.

"당연하지."

짧게 대답하는 낙월을 보며 만족스러운 듯 웃는 제갈강.

하지만 낙월의 미소는 더없이 차가우며 마치 악마와 같은 모습이었지만 제갈강은 그것을 알지 못했다.

지금 하는 행동마저도…… 환혈마뇌고의 능력임을 그는 끝까지 눈치 채지 못하고 있음이니.

◐

콰앙-!

굉음과 함께 무너져 내리는 벽.

설하의 어린 아이와도 같은 장난으로 인해 우연히 벽을 무너트릴 방법을 찾은 도현들은 즉시 진흙을 가져와 벽에 바른 뒤 벽을 부수기 시작했다.

평범하게 바르는 것으로 벽은 부서지지 않았다.

벽에 충분한 진흙을 바른 뒤 풍로의 바람이 불어와야만 벽은 그 힘을 잃었다.

정확히 진흙을 바른 부분에 한해서만.

그것도 한번에 벽을 뚫을 수 있을 정도는 아니고 작게

부서질 뿐이라, 도현은 자신의 상의를 이용해 진흙을 대량으로 가져와야만 했다.

그렇게 며칠을 작업한 끝에 사람이 드나들만한 작은 구멍을 뚫는 것에 성공한 것이다.

"이건……."

조심스레 벽 너머로 몸을 옮긴 도현의 눈을 채운 것은 시리도록 투명한 얼음이 가득한 공간이라는 것이었다.

두꺼운 얼음의 너머가 보일 정도로 깨끗하다.

기묘한 것은 이만한 얼음이 있음에도 불구하고 냉기가 전혀 느껴지지 않는다는 사실이었다.

오히려 풍로보다 더욱 따뜻한 것 같았다.

"뭔가 있어요?"

"아! 들어와. 특별히 위험한 것은 없는 것 같아."

도현의 말에 소진은 설하를 먼저 통로로 보낸 뒤 자신도 건너왔다.

그리곤 주변의 모습을 보며 벌어지는 입을 다물지 못한다.

어느새 설하는 주변을 돌아다니며 신기한 광경을 마음껏 만끽하고 있었다.

뿐만 아니라 얼음을 직접 입을 가져가고 있었는데, 놀랍게도 조금도 녹지 않는다.

"벽이 있는 부분만 얼음이 없네요."

"그러고 보니 그러네. 그런데 과연 이것이 얼음이긴 한 걸까? 차갑지도 않고 냉기도 전혀 돌지 않는데 말이야."

도현의 물음에 소진은 쉽게 대답하지 못했다.

지식이 더 많은 도현이 알지 못하는 것을 그녀가 알리가 없는 것이다.

그러는 사이 설하는 두 사람에게서 떨어져 돌아다니다 통로를 발견한 것인지 도현에게 쪼르르 달려와 안기며 말했다.

"저기, 저기 길 있어!"

물컹.

달려와 품에 안기자 부담스러울 정도로 성숙한 여인의 육체가 고스란히 느껴진다.

재빨리 그녀를 떼어난 뒤 도현은 설하가 발견했다는 통로로 향했지만 자신의 뒤통수를 노려보는 소진의 강한 시선에 절로 식은땀이 흘러나왔다.

얼음 통로는 무척이나 길었다.

거의 반 시진이나 이어지는 길.

"미묘하지만 원을 그리는데다 밑으로 가는 것인지, 위로 가는 것인지 알 수도 없도록 만들어져 있는데? 걸어온 것은 반 시진 정도이지만…… 실제 거리는 크게 멀지 않은 것 같아."

"저도 그렇게 생각해요. 왜 이런 방식으로 만든 것인지 알 수 없지만 분명한 것은 사람이 아니고선 이런 식으로 만들 수 없다는 거죠."

"맞아. 결국 누가 어떤 의도로 이런 곳을 만들었냐는 것인데……."

끊임없이 걷는 와중에 이야기를 나누는 두 사람.

설하의 경우 잠이 들어버렸기에 도현이 등에 업고 있는 실정이다.

정말 아이가 된 듯 설하는 하루에도 몇 번씩이나 잠에 빠져든다. 그것도 누가 깨워도 일어나지 않을 정도로 깊이.

그것이 그녀의 잠버릇인 것인지 상처로 인해 그러는 것인지 알 수 없지만 그녀가 잠이든 순간엔 큰 방해 없이 설하의 상처를 살펴 볼 수 있었다.

한참을 더 움직이고 나서야 도현은 길의 끝을 마주 할 수 있었다.

사람의 키를 훌쩍 뛰어넘는 철문이 세 사람의 앞을 가로막는다.

어떠한 문양도 없는 밋밋한 철문.

"이거 만년한철 맞죠?"

"……이렇게 많은 양이라니. 나도 처음 봐."

소진의 말에 도현은 고개를 끄덕이며 문을 쓰다듬는다.

이만한 양의 만년한철이라니. 세상의 온 갖 보물이 모여드는 천마성에서도 보지 못했던 양이었다.

천금을 줘도 구하지 못하는 것이 만년한철이고, 만년한 철이 섞인 무기는 보물로까지 불린다.

그러니 만년한철을 통으로 사용하여 만든 이 철문에 얼마나 많은 돈이 쓰인 것인지 상상 할 수 없을 정도다.

"문 한쪽만 있어도 성 하나는 살 수 있겠는데?"

"그러게요. 그보다…… 들어 갈 거죠?"

"여기까지 왔는데 어쩔 수 없잖아."

도현의 말에 소진은 고개를 끄덕이곤 자신의 뺨을 찰싹 소리가 날 정도로 두드리곤 당당하게 이야기했다.

"들어가요!"

끼이익!

얼마나 오래된 것인지 알 수 없지만 문은 생각보다 부드럽게 열렸다. 어느새 깨어난 설하가 무서운 듯 소진의 팔에 매달린다.

화륵!

문이 열림과 동시 안쪽에서 불이 붙는 소리가 들리더니 금세 안쪽을 밝히고도 남을 양의 횃불이 밝혀진다.

오랜 시간 광석태에 의지해 앞을 보던 도현들에겐 자극이 심할 정도의 빛이라 세 사람은 순간 눈을 감는다.

"눈을 뜨지 마. 눈을 다칠 염려도 있으니까."

"예."

"응!"

두 사람의 대답에 도현은 피식 웃곤 곧 멀쩡한 옷을 찢어 눈을 가린다.

그렇지 않아도 상의를 진흙을 나르느라 사용해버린 탓에 이제 도현의 옷이라곤 바지 밖에 남지 않았었는데, 바지자락을 찢자 반바지 정도로 밖에 보이질 않는다.

두 사람에게도 그것을 건넨 도현은 자리에 앉은 채 눈이 익숙해지길 기다렸다.

어둠 속에서 익숙해진 눈이 갑작스레 빛을 보게 되면 눈의 손상이 발생한다. 운이 없다면 크게 다칠 수도 있기에 적응할 시간을 주려는 것이다.

잠시간의 시간이 흐르고 어느 정도 익숙해지자 도현은 조심스레 눈을 가리고 있던 천을 벗었다.

흐릿.

눈을 감고 있었던 탓인지 처음엔 시야가 깨끗하지 않았지만 잠시 뒤에 금세 적응이 되면서 평소의 시야로 돌아온다.

"이제 된 것 같으니 눈을 떠도 돼."

도현의 이야기에 즉시 눈을 가리고 있던 천을 벗어 던지는 두 사람.

소진과 설하의 눈이 익숙해질 동안 도현은 문 안으로 들어가 주변을 살폈다.

어떤 원리인지는 알 수 없지만 문을 여는 것과 동시 동

부의 벽을 따라 만들어진 횃불에 자연스럽게 불이 붙으며
안을 밝게 비추고 있었다.

"기름?"

미약하지만 코를 찌르는 기름 냄새에 고개를 갸웃거리
는 도현.

얼마나 오래된 시설인지 알 수 없지만, 기름으로 붙이는
횃불이 지금까지 유지되고 있었다는 것도 쉽사리 이해 할
수 없는 일이었다.

하지만 곧 의문을 접고 주변을 둘러보던 도현의 앞에 통
로가 모습을 드러낸다.

이곳은 단순히 넓기만 할 뿐 아무것도 없었고, 안쪽으로
이어진 불빛은 마치 길을 안내하는 것 같았다.

시야를 확보한 듯 도현의 곁으로 다가오며 주변을 둘러
보는 소진에게 도현은 설하와 함께 이곳에 있으라고 전하
곤 천천히 안으로 향했다.

통로는 두 사람이 나란히 걸어 갈 수 있을 정도의 넓이
였고, 이전과 달리 통로는 그리 길지 않았다.

"이건……!"

통로의 끝에서 마주한 현실에 도현은 깜짝 놀라지 않을
수 없었다.

팔각형으로 만들어진 거대한 공간.

각 면마다 빼곡하게 들어차 있는 범어(梵語).

그리고 주석이라도 하는 듯 밑으로 덧대어 써진 한문까지.

결정적으로 공간의 중심에 한 사람이 좌선을 한 채 눈을 감고 있었다.

생기가 느껴지지 않고, 몸 위에 앉은 먼지를 보건데 죽은 이이다.

'죽어서도 육체가 상하지 않을 정도라면 엄청난 고수였던 소리인데?'

조심스럽게 방 안으로 발을 딛는 도현의 눈에 좌선을 한 중년인을 받치고 있는 단상에 쓰인 글이 눈에 들어온다.

– 절을 하라!

짧은 문구.

그와 함께 그곳에서 절을 하라는 듯 중년인의 앞으로 다른 곳과 달리 유난히 큰 돌까지.

'숨겨진 장치라도 있는 것일까? 아니면……'

고민하며 도현은 천천히 제자리에서 방 전체를 둘러본다. 아무리 봐도 기관장치가 되어 있을 것이라곤 생각되지 않는 모습.

중년인을 조용히 바라보던 도현은 작은 한숨과 함께 천천히 절을 시작했다.

몇 번 하라고 쓰여 있질 않았으니 도현은 무림인일 것이 분명한 선배에 대한 예의라 생각하고 삼배만 했다.

사부가 있으니 그에게 구배를 할 수는 없는 것이다.

스윽.

천천히 정갈한 자세로 최대한 예를 담아 삼배를 올리고 몸을 일으키던 순간 방 전체가 흔들리기 시작했다.

쿠구구.

심하지는 않지만 확연히 느껴질 정도로 계속되는 진동에 긴장한 눈으로 주변을 살피던 도현.

그그그.

중년인이 앉아 있던 단상이 천천히 올라가기 시작했다.

무릎 정도 높이에 있던 단상이 도현의 허리쯤에 놓였을 때 단상이 더 이상 올라가지 않는다.

"대체 왜?"

고개를 갸웃거리는 도현.

대체 왜 이런 설비를 해놓은 것인지 알 수 없다.

자신의 심득이나 무공을 남겨 놓기 위해서라고 해도 너무 과할 정도다.

올라간 단상의 하단엔 구멍이 있었고, 그 안에는 함이 하나 놓여 있었는데, 이곳으로 들어서는 문과 같은 재질인 만년한철로 만든 것이었다.

"무슨 일이에요?"

그때 소진의 목소리가 들려온다.

"별일 아니야, 안으로 들어와!"

"잠시 만요."

잠시 후 안으로 들어온 소진은 도현처럼 놀란다.

방금 있었던 일을 그녀에게 설명하는 도현.

이야기를 전부 들은 소진은 주변을 둘러보더니 자신의 생각을 이야기했다.

"저분은 아무래도 자신의 무공이 사장되는 것이 두려워했다기 보다는 악행에 쓰이는 것을 두려워하지 않았을 까요? 우리는 우연히 뚫은 벽으로 들어왔지만 이곳까지 오는 동안 어쩌면 많은 고생을 해야만 했던 것일 지도 몰라요."

"그 모든 것이 사람의 성품을 살피기 위한 것이다?"

"전 그렇게 생각해요. 그렇지 않다면 이런 장치를 할 필요가 없지 않았을 까요?"

소진의 이야기에 도현은 고개를 끄덕인다.

내심 자신도 그렇게 생각하고 있었기 때문이다. 게다가 범어로 빼곡히 적혀 있는 벽을 보면 더욱 그런 생각이 든다.

한자가 만들어지기 전 중원에선 갑골문을 사용했었다. 그것도 무척 오래전의 이야기지만 범어와 갑골문 둘 모두 이제는 해석을 할 수 있는 사람이 거의 없을 정도로 오래된 문자임은 분명했다.

"고대의 무공인건가?"

"네?"

"저기 가득 쓰여 있는 것의 대부분은 범어야. 범어로 남겨질 정도의 무공이라면 무척 오래된 것이 분명하니까. 어쩌면 고대의 무공이 아닐까…… 해서 말이야."

"고대의 무공이 뭐예요?"

고개를 갸웃거리는 소진.

그녀로선 고대의 무공에 대해 들어본 기억이 없기 때문이다.

하지만 그것은 당연한 일이었다.

도현조차도 천마성이 아닌 구룡무관에 비치되어 있는 무수히 많은 서적들을 읽는 과정에서 우연히 알아낸 사실이기 때문이다.

고대 무공의 가장 큰 특징은 지금과 달리 정, 사, 마의 구분이 없다는 것이다.

또한 그 파괴력이 상상을 초월한다는 것이지만 반대로 단점은 명확했다.

큰 힘을 발휘하기 위해선 수련을 아주 오랜 시간해야 한다는 것이다.

근대의 무공은 내공을 위주로 발휘가 되지만, 고대의 무공은 육신의 능력도 중요시했다.

물론 그 바탕에는 내공을 모으기 힘들 정도로 뛰어난 심법이 없었기 때문이지만.

다시 말해 근대의 무공이 내공은 쉽게 모을 수 있지만 파괴력이 뛰어난 무공은 정해져 있는데 반해, 고대의 무공은 내공을 모으긴 힘들지만 파괴력은 월등히 강한 것이다.

장단점이 극단적으로 나뉘는 것이다.

지금에 이르러 고대의 무공은 그 원류를 알아보기 어려울 정도로 희석되어 이젠 찾는 것이 어려울 정도였다.

도현의 설명을 들은 소진은 고개를 끄덕이면서 다시 주변을 둘러보았다.

"그러고 보니 설하는?"

"아직 자고 있어요. 슬슬 일어날 때가 된 것 같긴 한데."

말이 끝나기 무섭게 저쪽에서 설하가 당황한 목소리가 들려온다. 깨어났는데 혼자뿐이라 무서웠던 모양이다.

소진이 설하를 달래기 위해 움직인 동안 도현은 조심스레 함을 꺼내들었다.

만년한철로 만들어진 함은 봉인을 위해 정교하게 만들어진 것인지 거의 틈이 없을 정도다.

달칵!

작은 소리와 함께 함을 열자 그 안에는 두 가지 물건이 있었다.

하나는 중년인이 쓴 것으로 보이는 서찰이었고, 또 하나는 상당히 낡아 보이는 열쇠였다.

우선 서찰을 펼쳐본다.

세월에 따라 삭는 것을 방지하기 위함인지 정교하게 작업되어 잘 삭지 않을 것 같은 양피지 위에 힘이 느껴지는 글씨로 적혀 있다.

– 이 글을 보고 있다는 것은 인연자라는 뜻이겠지.

연자는 명심하고 또 명심하라. 과한 힘은 자신이 모르는 사이 타인에게 상처를 입힐 수 있음을.

힘을 사용할 곳과 그렇지 못한 곳을 구별하지 못한다면 스스로를 죽음으로 이끌게 될 것이다.

벽에 쓰여 있는 범어와 주석이 그대가 익힐 수 있는 무공이다. 벽의 왼쪽 구석에 읽어야 할 순서가 있음이니 반드시 순서대로 무공을 익혀야 할 것이다.

또한 첫 번째 벽을 없애면 그 뒤로 충분한 식량과 물이 있으니 연자가 이곳에서 수련을 하는데 부족함이 없을 것이다.

밖으로 나가기 위해선 반드시 열쇠가 필요하니 꼭 가지고 있어야 할 것이다.

나 무황이 경고하노니 반드시 옳은 길에서 무공을 사용하길 바란다.

"무황!"

깜짝 놀라는 도현.

그리곤 깨달았다.

이곳이 진짜 무황총임을.

예전 자신이 알아두었던 곳조차 진짜가 아님을 알 수 있었다. 자신의 무공이 나쁜 곳에 쓰일까봐 그는 여러 장치를 했었던 것이다.

분명 그곳에서부터 이어지는 무엇인가로 이곳까지 올 수 있는 것일 터다.

"운이 좋다고 해야 하는 건가……."

허탈하게 웃는 도현.

무황총을 찾아 수많은 이들이 목숨을 내걸었다. 그들이 이 광경을 본다면 무척이나 허탈해 할 것이 분명했다.

어쨌거나 손에 들어온 무황의 비급이다.

천천히 벽을 따라 움직이며 순서를 확인하는 도현.

과연 무황의 말처럼 뒤죽박죽으로 쓰여 있었는데, 무황의 서찰을 보지 못한 상태에서 익혔다면 주화입마로 쓰러졌을 것이 분명했다.

게다가 오른쪽 상단에 친절하게 숫자가 쓰여 있지 않은가.

진짜는 왼쪽 하단에 자세히 봐야 알 수 있을 정도로 쓰여 있는데 반해서 말이다.

어떤 원리로 이렇게 만들 수 있었던 것인지 알 수 없으나 대단하지 않을 수 없었다.

"음……."

첫 번째 벽을 보며 내용을 보던 도현의 입에서 절로 신음이 흘러나온다.

첫 장은 이 무공의 위험성에 대한 경고가 쓰여 있었는데, 오른쪽 상단을 보고 순서대로 익혔다면 가장 마지막에 있는지라 의심 없이 단순한 경고문으로만 생각했을 것이었다.

작지만 큰 효과를 발휘할 수 있는 교묘한 장치이지 않을 수 없다.

'무공의 이름이 없나? 하긴…… 고대 무공의 대부분은 생활속에서 수련을 하며 만들어진 것이라 이름이 없다고 했지. 그보다 이런 식으로 해도 되는 것인가?'

수많은 무공서를 읽은 도현조차 고개를 갸웃거릴 정도로 궤를 달리하는 무공.

지금의 수많은 무공들이 심법을 위주로 하는 것에 반해 벽의 무공은 육체적인 단련을 전제로 하여 심법은 뒷전이었다.

이런 방식은 현대에선 외공을 수련할 때나 사용하는 것으로, 대부분 어린 시절부터 심법을 익혀 내공의 기초를 닦으며 육체적인 수련을 병행하는 것에 그친다.

물론 도현의 경우 무공을 익힐 수 없었기에 어린 시절부터 육체적인 단련에 중심을 두었지만.

"이대로 수련을 한다면 육체의 한계를 체험하게 되겠는데?"

힘든 육체적 수련을 거쳤던 도현이 고개를 저을 정도로 벽에 적혀 있는 내용은 충격적인 것이었다.

인간의 몸을 구성하고 있는 모든 것에 한계에 가까운 경험을 하게 하는 것이 수련의 목적인 것이다.

피, 근육, 뼈, 관절 등 어느 하나 가릴 것 없다.

하지만 내용을 읽으면 읽을수록 매력적인 것 또한 사실이었다.

때마침 소진이 칭얼대는 설하를 달랜 것인지 함께 안으로 들어온다.

"뭔가 찾았어요?"

"오빠 나쁘다!"

입을 퉁명하게 내밀며 말하는 설하를 보며 피식 웃은 도현은 소진에게 답했다.

"아무래도 여기가 무황총인 것 같아. 저기 좌선하고 계신 분은 무황 본인인 것 같고."

"예?!"

깜짝 놀라는 소진.

그녀도 무황총과 얽힌 일에 대해 알고 있기에 놀라지

않을 수 없었다.

게다가 이어지는 도현의 설명을 들으며 무황의 놀라운 무공의 원류가 고대 무공이었음을 알게 되곤 신기하다는 얼굴로 벽을 세세하게 살폈다.

"관심 있어?"

"천하제일인으로 불렸던 무황의 무공이니까요. 하지만 딱히 익히고 싶다거나 하고 싶지는 않아요. 검각의 무공을 익히는 것만으로도 지금 전 상당히 벅차하고 있거든요."

쓰게 웃으며 말하는 소진에게 도현은 빙긋 웃었다.

"잘한 판단이야. 근래의 무공과는 그 궤를 달리하기 때문에 억지로 이걸 익힐 필요는 없어. 욕심을 부리다간 더 약해질 수도 있으니까."

"그래서 포기하는 거예요. 솔직히 검각의 무공만으로도 충분하다는 것이 제 생각이거든요."

"나도 마찬가지야. 사부님의 패천마공은 그 깊이를 알 수 없을 정도로 깊고 어렵거든. 그래서 그동안 패천마공 이외의 무공에 욕심을 내본 적이 없었는데 말이야……."

"생각이 바뀐 건가요?"

그녀의 물음에 도현은 답하지 않았다.

그저 시선을 벽에 가득한 고대 무공에 줄 뿐이다.

도현 스스로도 알 수 없을 정도로 이곳에 있는 무공에 흥미가 생기고 있었다.

게다가 소진에게 말하지는 않았지만 슬슬 패천마공의 한계에 대해 도현은 알아가고 있었다.

정확히는 패천마공의 한계가 아닌 자신의 한계였다.

패천마공과 자신이 맞질 않는 것이다.

마의에 의해 무공을 익힐 수 있는 몸이 되었지만 그것이 패천마공과의 궁합이 완벽하게 맞아 떨어지는 것은 아니었다.

특히 도현의 경우 어린 시절부터 철저하게 육체적 단련을 해왔기 때문에 더욱 그러할 지도 모른다.

지금까지 도현이 보인 능력은 패천마공의 힘도 있지만 도현의 몸에 가득한 내공이 그 바탕이 되었기 때문이었다.

그런 것을 어렴풋이 깨닫고 있을 때 자신에 맞는 무공을 발견한 기분이었다.

현재 무공과 궤를 달리한다고 하지만 도현에겐 더 없이 어울리는 방식이었다.

육체를 단련하는 것은 지금까지도 꾸준히 해오는 일이었고, 이곳에 쓰인 내용과 크게 다를 것도 없었다. 조금만 더 한다면 이곳에서 요구하는 내용을 충분히 맞을 수 있을 것 같았다.

물론 막대한 고통이 수반되겠지만 그 정도는 얼마든지 감수 할 수 있었다.

그렇게 도현이 고민하는 모습을 보고 있던 소진이 도현의 어깨를 두드리며 말했다.

"그렇게 고민하지 말고 익혀보는 것이 어때요? 어차피 이곳은 저희 이외에는 아무도 올 수 없는 곳인데다, 지금이 아니면 이 무공이 사장 될 수도 있는 것이잖아요. 오라버니가 무슨 고민을 하는지 모르겠지만 마음이 가는대로 행하는 것도 나쁘진 않을 거예요."

"……."

소진의 말에 도현은 잠시 그녀의 얼굴을 바라보다 그녀를 품에 안았다.

"오, 오, 오라버니?!"

깜짝 놀란 얼굴로 도현을 부르는 그녀의 얼굴이 붉게 상기되어 있다.

"고마워! 덕분에 고민이 사라지는 것 같다!"

"아, 아니에요! 그, 그보다 이것 좀! 시, 싫다는 것은 아니지만요!"

자신이 무슨 이야기를 하는 것인지도 모르고 횡설수설하는 그녀를 뒤로하고 도현은 벽을 향해 내공을 실은 주먹을 날린다.

쾅-!

후두두둑!

꿍음과 함께 무너지는 벽.

벽의 뒤로 또 다른 방이 모습을 드러낸다.

물이 가득 담겨 있는 작은 우물과 커다란 항아리가 여러 개 준비되어 있다.

이곳에서 수련을 하는 동안 버틸 수 있을 벽곡단과 물이었다.

天魔飛天上

9章.

9 章.

"회담?"

싸늘한 반응의 패마를 보며 삼 장로는 식은땀을 흘리며 이야기했다.

"사황성주와 백도맹주가 삼자 회의를 하자며 제의를 해왔습니다. 일단 이유는 저희가 움직임으로 인해 자기들이 피해를 입었으니 앞으로를 위해서라도 이야기를 하자는 것 같습니다만…… 실제로는 어떻게든 뜯어낼 목적인 것 같습니다."

"우습게 보인 것 같군."

패기가 물씬 넘치는 패마를 보며 삼 장로는 말없이 고개를 숙인다.

그의 말대로 천마성을 우습게보지 않았다면 이번과 같은 제의가 있을 리 만무한 것이다.

"하지만 이상한 점이 있습니다. 이전까지만 하더라도 본성의 전력을 보고 피하는 그들이었지만, 이번에는 그런 기색이 조금도 보이질 않았습니다."

"그말은 놈들이 노리는 것이 있단 소리로군."

"그렇게 판단되고 있습니다. 하여 만금상단과 천하전장을 통해 그들의 행동을 알아보도록 하였으나, 평소와 달리 상당히 신중을 기하고 있는 모습이었다 합니다. 게다가 두 곳 모두 본성의 것이란 것이 밝혀졌으니 거래가 빠른 시간 안에 끊어질 것이라 생각은 했지만 금액이 금액인지라 시간이 제법 걸릴 것이라 여겼는데, 의외로 진행이 빠르다고 합니다. 이대로라면 열흘 안으로 모든 거래가 끊어질 것 같다고 합니다."

"두 곳 모두인가?"

"예."

삼 장로의 보고에 패마는 불편한 얼굴을 하면서도 뭐라 말을 하진 않았다.

지금 패마의 신경은 모두 도현에게 쏠려 있지만, 이곳에 온지 벌써 며칠이 흘렀음에도 작은 단서하나 발견하지 못하고 있었다.

그렇기에 더욱 예민해져 있다는 것을 본인 스스로도

알고 있기에 더욱 침착해지려 했다.

물론 쉽지는 않았지만.

한참 생각을 한 끝에 패마가 입을 열었다.

"언제지?"

"일주 뒤에 보자고 합니다. 이곳에서 삼일 정도 떨어진 곳에 마을이 하나 있는데, 그곳에서 보자는 전언도 있었습니다."

"삼일이라……?"

뭔가 걸린다는 표정의 패마.

삼일의 거리면 무인들에겐 전력으로 움직인다면 반나절 정도면 도착 할 수 있다.

멀다면 멀지만, 가깝다면 또 가까운 거리다.

애매한 거리인 것이다.

평소라면 크게 개의치 않겠지만 지금 같은 상황에서 열리는 회의이니 만큼 하나하나 마음에 걸린다.

"뭔가 걸리는 군. 철저하게 주변을 살피도록."

"존명!"

고개를 숙이며 물러가는 삼 장로의 모습을 보고 있던 패마의 시선이 이젠 바닥을 드러낸 산으로 향한다.

으득!

이를 악무는 그.

이대로 도현을 발견 할 수 없다면…… 생각하기도 싫지만 그리 된다면 절망적이지 않을 수 없다.

천마성으로선 최고의 미래를 잃어버리게 되는 것이다.

물론 도현을 대신해 천마성을 훌륭히 이끌어갈 수 있는 아이들은 제법 있다.

예를 들면 검마의 제자인 도우혁이라든지.

하지만 그것은 어디까지나 차선이지 최선의 선택은 아니다. 게다가 도현의 그림자가 짙게 드리워진 천마성이기에 우혁이 후계로 선택된다 하더라도 천마성이 흔들리는 것을 막을 수는 없다.

이래저래 천마성의 미래가 처음부터 흔들리게 되는 것이다.

"후우……."

깊은 한숨이 절로 나온다.

그리고 서글퍼진다.

자신의 제자이기 이전 피를 나눈 혈육과도 같이 생각했던 도현이었기에 그를 잃었다는 것에 도저히 채울 수 없는 공허함이 마음속에 가득하다.

스스로 감정적임을 잘 알고 있지만 자신도 모르는 사이에 도현에게 많은 것을 기대고 있었음이다.

"난 아직 녀석이 죽은 것 같진 않구나."

패마의 중얼거림이 바람을 타고 멀리멀리 날아간다.

"광검문 문주 이하 제자들 오십이오."

"도살파 문주 이하 제자들 이십이오."

"환영창가 가주 이하 제자 이백이오."

속속히 대규모의 인원들과 함께 사황성 안으로 모여드는 인원들을 성벽 위에서 바라보는 사독의 얼굴이 무심하다.

이미 사황성에 집결한 무인의 숫자만 2만에 이르지만 확실한 전력은 그 절반도 되지 않는 8천에 불과하다.

나머지 인원은 그저 머릿수를 채우기 위한 방편에 불과하지 않았다.

사파의 최고 장점은 머릿수가 많다는 것이지만 반대로 단점은 고수의 숫자가 절대적으로 부족하다는 것이었다.

오죽하면 천마성이 5개의 대표 무력부대를 운용하고, 백도맹이 4개의 무력부대를 운영하는 동안 사황성은 3개 무력부대 밖에 운영할 수 없었겠는가.

그만큼 고수의 숫자도 부족할 뿐더러 워낙 많은 문파의 집결체다 보니 사황성 자체적으로 뛰어난 고수를 쉬이 보유하기 어려웠다.

쉽게 생각하면 사황성 역시 사파의 한 무리일 뿐이다.

다만 그것이 사파의 대표가 되었고 사황성의 밑으로 사

파에 속하는 수많은 문파들이 뒤를 받치는 모양새다.

하나의 문파가 아니다 보니 일어나는 문제인 것이다.

사황성에선 백도맹의 분열을 보며 비웃지만 실제론 그들도 누군가를 비웃을 자격이 없었다.

무림을 삼분하는 엄청난 세력을 유지하면서도 절대적인 권력을 휘두르고 있는 것은 천마성 이외엔 어디도 없었다.

"쓸만한 놈들이 없군. 얼마나 더 남았지?"

"대형 문파의 경우 이미 집결을 완료했고 남은 것은 중소문파들 밖에 없습니다."

사독의 물음에 뒤에 서 있던 장로들 중 하나가 즉시 대답한다.

하지만 그의 대답에 사독은 마음에 들지 않는다는 듯 다시 되물었다.

"제법 인원은 되지만 정작 쓸만한 놈들은 없어 보이는데 어떻게 된 일이지? 설마하니 몸을 사리는 놈들이 있는 것은 아니겠지?"

"……."

식은땀을 흘리며 쉽게 대답을 하지 못하는 장로를 보며 사독은 차가운 미소를 흘리며 속삭이듯 누군가를 부른다.

"독안소검."

"명!"

<u>츠츠츠!</u>

기다렸다는 듯 장로의 그림자에서 몸을 일으키는 독안소검. 그 모습에 장로는 깜짝 놀라며 뒤로 물러선다.

사황성에서도 손에 꼽히는 실력을 가지고 있음에도 불구하고 그가 자신의 곁에 있다는 것을 전혀 눈치 채지 못했기 때문이다.

허나, 사독도 독안소검도 그런 장로에게 시선을 주지 않는다.

"규모가 있는 문파 중에 제일 가까운 곳이 어디지?"

몰라서 묻는 것이 아닐 테다.

하지만 독안소검은 충실하게 대답했다.

"귀안사방이 있습니다."

"그들이 이번에 데려온 전력은?"

"방주를 비롯하여 오백의 제자들을 데리고 온 것으로 파악하고 있습니다. 하지만 대부분이 이류 수준이고 쓸만한 자들은 채 열이 되지 않습니다. 필요 전력은 모두 귀안사방에서 대기 중인 것으로 파악하고 있습니다."

사독의 등을 긁어주기라도 하듯 필요한 사항을 묻기도 전에 바로바로 대답해주는 그.

"아무래도 이놈들이 착각하고 있는 것이 있는 것 같아. 이번 기회에 바로 잡는 것이 좋겠어. 그대가 수하들을 이끌고 수고를 좀 해줘야 하겠어."

"저희는 성주님의 명을 받들 뿐입니다. 어느 수준으로

일을 처리하오리까?"

그 물음에 사독은 차가운 미소를 지어 보이며 단호하게 이야기한다.

"쓰레기들에 어울리는 대우가 좋겠지. 쥐새끼하나 남기지 말도록. 이미 들어온 놈들의 목을 선물로 보내는 것도 나쁘진 않을 거다."

"존명!"

츠츠츳!

짧고 굵은 대답과 함께 순식간에 모습을 감추는 독안사검.

그리고 잠시 뒤 사황성의 한쪽에서 비명소리와 함께 짙은 피 냄새가 풍기고 성 안의 분위기가 바뀌기 시작했다.

"재미있지 않나?"

"예?"

자신의 뒤에 시립해 있는 장로들에게 성문을 빠져나가는 사천만마대의 무인들을 보며 말하는 사독.

"왜 자신들이 어깨 위의 물건을 무사히 달고 다닐 수 있는 것인지 모르는 것도 아닐 텐데, 눈치를 살핀다는 것이 말이야. 역시 사파라는 것들은 주인도 제대로 못 알아보는 모양이야."

섬뜩한 살기가 장로들을 스쳐 지나간다.

"이번 기회에 제 놈들이 누구 덕분에 무사히 먹고 사는

것인지, 왜 그동안 힘을 길러온 것인지 확실하게 해줄 필
요가 있겠지. 역시 곪아 있는 부분은 빨리 도려내는 것이
좋은 법이지. 그렇지 않은가?"

"무, 물론입니다."

황급히 고개를 숙이는 장로들.

하지만 등 뒤로 흐르는 식은땀은 어찌 할 수 없다. 지금
집결하고 있는 세력들 중에는 장로들이 연관되어 있는 문
파들도 적지 않았다.

장로들 역시 이번 사태에 알게 모르게 관련되어 있는 것
이다.

"대충 알아들었을 것이라 생각하니…… 바쁠 텐데 물러들
가지?"

"아, 알겠습니다."

재빨리 고개를 숙이곤 뿔뿔이 흩어지는 장로들을 보며
사독은 쓰게 웃었다.

사황성의 기둥이 되어야 할 장로들이란 작자들이 개인
적으로 문파들과 친목을 다지며 사황성보단 문파를 우선
하고 있었다.

하지만 이 또한 사파이기 때문이다.

모든 것이 사파이기 때문이란 이유로는 납득 할 수 없지
만 그것이 어쩔 수 없는 현실이었다.

삼신이괴칠왕(三神二怪七王).

무림 최강자 중에서도 가장 강하다는 삼신 중 권신(拳神)으로 불리는 사황신권(邪皇神拳) 사독이 아니었다면 벌써 사황성은 사라졌을 것이다.

'어느 누구를 후계로 삼는다 하더라도 사상누각(砂上樓閣)이었던 것인가? 천년의 영화를 이어갈 반석을 세우겠다는 내 꿈은 그저 꿈이었을 뿐인가.'

누구보다 입맛이 쓴 그였다.

허나 곧 정신을 차린다.

어차피 미래의 일은 자신이 죽은 뒤에 해당 될 사항이다. 그렇다면 자신이 살아있는 동안 자신이 꿈꾸는 최고의 꿈을 실현시키면 되는 것이다.

무림일통이란 커다란 꿈을!

과연 사천만마대가 움직인 효과가 있는 것인지 다음날부터 이전까지와는 비교 할 수 없을 정도로 뛰어난 무인들이 속속들이 모여들기 시작했다.

1만에 달하는 쓸만한 전력을 모으고 만 것이다.

단순히 숫자만 채우기 위한 인원을 모두 포함한다면 물경 2만을 뛰어넘는 엄청난 대인원이 사황성에 웅크리고 앉았다.

그것은 백도맹 역시 마찬가지였다.

구파일방과 오대세가를 가리지 않고 각파의 정예들이

백도맹으로 집결하기 시작했고, 일단 집결을 완료한 자들은 적절히 분배하여 누구도 모르게 모종의 장소로 옮겨지고 있었다.

◐

"아무리 소가주를 맹주의 후계로 내세우기 위함이라곤 하나 본가가 천마성을 치는 데 선두에 선다니, 그 무슨 위험한 일이랍니까!"

"그렇습니다. 인정하긴 싫으나 천마성은 위험한 무리들! 본가의 전력으론 선두에 선다는 것 자체가 어불성설일 것입니다."

이곳저곳에서 이야기를 토해내는 통에 제갈세가주 제갈만영은 머리가 다 아플 지경이었다.

이 모든 원인이 자신의 아들이자 제갈세가의 소가주인 제갈강 때문이었으니……

'하필이면 선두에 선다는 말을 해버리다니!'

이미 백도맹에선 비밀리에 정예를 파견하라는 명령까지 떨어진 상태였다. 제갈세가가 있는 곳에서 맹이 있는 곳까지 그리 멀지 않기에 아직은 여유가 있지만 그것도 언제까지 이어질지 모르는 일이다.

그렇게 한참 입씨름을 하고 있을 때 회의실의 문을 거칠게 열며 제갈강이 모습을 드러낸다.

"이거 저 때문에 시끄러운 모양입니다?"

오만하게 웃으며 말하는 제갈강에게 불편한 시선을 보내는 장로들.

그들을 뒤로하고 제갈강은 세가주인 아버지에게 고개를 숙인다.

"오랜만에 뵙습니다. 그동안 강녕하셨는지요."

"그래. 오랜만인데 넌 사고를 꽤 크게 쳤구나."

"사고라니요. 기회이지요. 제 위로 세 명이나 있는 사형들을 완전히 밀어 낼 수 있는 최고의 기회 말입니다."

"그 기회를 위해 세가의 고수들은 목숨이 위험한 상황에 처했소이다!"

쾅!

회의실의 탁상을 내려치며 장로 중 한 사람이 일어서며 말하자 제갈강은 피식 웃으며 주변을 둘러본다.

과연 자신의 등장을 반기는 이가 아무도 없었다.

하지만 그는 아무런 걱정을 하지 않았다.

아무리 맹에서 세가가 가깝다고는 하나 이런 시기에 괜히 이곳까지 온 것은 그 이유가 있기 때문이었다.

그리고 그 중의 하나는 이렇게 자신의 뜻을 반하는 자들의 입을 다물게 만들기 위함도 있었다.

"제갈택 장로님께선 제 행동이 마음에 들지 않으시는

모양입니다?"

"그렇다! 네놈의 섣부른 판단 하나로 인해 세가의 많은 무인들이 죽음의 위기에 빠졌으니 어찌 좋아 할 수 있겠느냐!"

기세를 피워 올리며 말을 하는 그에게 제갈강은 역시 마찬가지로 몸의 기운을 풀어낸다.

순식간에 회의장을 휘감아 치는 제갈강의 강력한 존재감.

그 모습에 제갈만영은 깜짝 놀랐다.

마지막으로 제갈강을 본 것이 몇 년 전의 일이라곤 하지만 그 사이에 이렇게까지 성장했을 것이라곤 전혀 예상치 못했던 일이다.

"섣부른 판단이라…… 그러고 보니 제갈택 장로님께서도 그 섣부른 판단 하나로 인해 마을 하나를 없애버린 적이 계시지요. 예를 들면…… 산골의 한적한 마을이라든가 말이지요."

"뭐, 뭣?!"

"한 10년 정도 전에 흉수를 알아내지 못한 사건이 있었지요. 아! 그 일의 책임자가 제갈택 장로님이셨던가?"

"이익……!"

붉어진 얼굴로 제갈강을 바라보는 장로의 눈에 살기가 가득하다.

제갈강의 말은 아무도 모르는 비밀을 그가 알고 있다는 것이다.

10년 전 우연히 발견한 처녀에게 마음을 빼앗겼지만 뜻대로 되지 않자 강제로 범한 것도 모자라 마을 전체를 몰살 시켰던 것이 바로 그였다.

게다가 제갈세가에서 멀지 않은 곳이었기에 솔선수범하는 척하며 일의 책임을 맡아 사건을 미궁으로 빠트리곤 종결시켜 버렸었다.

누구도 당시의 일을 알지 못할 것이었다.

"뭐…… 잘못된 일의 선택은 누구나 하는 것이죠. 그것을 만회할 수 있느냐, 없느냐는 개인의 역량에 달려있는 것일 테고 말입니다. 뭐, 몇몇 장로님들께도 할 이야기가 많습니다만 이 정도로 하지요. 시간이 없는 듯하니."

짧게 말을 줄이며 몇몇 장로들을 쳐다본 제갈강의 얼굴에 작은 미소가 걸린다.

그것을 보면서도 장로들은 아무런 이야기를 할 수 없었다.

"아버지, 아니 가주님! 무모해 보이나 이 기회는 세가가 존재한 이후로 두 번 다시 찾아오지 않을 기회입니다. 이 싸움은 이길 수밖에 없는 싸움이기에 모든 것이 끝난 뒤 세상은 본 세가를 찬양하게 될 겁니다! 천하제일세가(天下第一世家)는 본가의 몫이 될 겁니다."

"그러기 위해 얼마나 많은 피를 흘려야 하는 것인지 알고 있느냐?"

"충분히 알고 있습니다. 하지만 피를 흘리는 것을 두려워한다면 많은 것을 얻을 수 없습니다. 게다가 정작 싸움이 벌어지면 본가의 피해는 그리 많지 않을 것입니다."

"무슨 생각이더냐?"

가주의 물음에 제갈강의 얼굴에 미소가 가득 피어오른다.

"하북팽가를 앞세우면 될 일이지 않습니까."

◑

"오랜만이군."

"그렇군요."

"흠."

삼신(三神)으로 불리는 세 사람이 한 자리에 모이자 그것만으로도 엄청난 위압감이 조성된다.

천하 무림의 절대자가 모인 자리이니 당연하다면 당연하다.

세 사람을 위해 비워진 낡고 오래된 객잔은 조용하기 그지없다.

흔하디흔한 차 한 잔 나오지 않을 정도로 조용한 객잔의 중심에 자릴 잡고 앉는 세 사람.

"무슨 일로 날 보자고 한 것이지? 그리 기분이 좋지 않은 상태라는 것은 잘 알고 있을 것인데?"

앉자마자 패마가 차가운 얼굴로 두 사람을 보며 말하자 백도맹주와 사황성주는 서로를 잠시 바라보곤 고개를 끄덕인다.

"그대의 심정을 모르는 것은 아니나, 이쯤에서 돌아가 주기를 바라오. 그대들 덕분에 서로가 입은 피해가 막대하기 짝이 없소. 매일 같이 올라오는 지역 문파들의 상소에도 이젠 지쳤소이다."

"마찬가지오. 특히 사파 놈들은 하루 벌어 하루 먹고 살기 바쁜 놈들이 많은지라 생업에 상당한 지장이 있소이다. 놈들이 하루 종일 땍땍거리는 통에 귀가 아플 지경이오."

백도맹주와 사황성주가 차례로 말했지만 패마의 얼굴에는 조금의 흔들림도 없다.

"그래서?"

"허허, 아무리 안하무인인 그대라 할지라도 지켜야 하는 법도가 있는 것이오. 지금이야 우리가 지원을 하며 행동하는 것을 막고 있다곤 하지만, 시간이 흐를수록 버티기 어려워진 그들이 무슨 짓을 할 지 모르는 일이 아니오."

"체면도 없는 우리 쪽은 당장에 일을 벌여도 이상할 것이 없지."

"크…… 크하하하하!"

우르르르!

대소를 터트리는 패마.

그의 웃음에 내공이 실려 객잔이 흔들거리며 먼지가 피어오른다.

목소리에 실린 내공에는 별 피해가 없지만 두 사람은 패마의 웃음에 얼굴을 찌푸린다.

결코 웃을 수 있는 이야기가 아니었던 탓이다.

한참을 웃던 패마가 돌연 정색을 하며 둘을 본다.

"재미있겠군. 하고 싶으면 해보라고 해. 다 쓸어버릴 테니까. 오랜 시간 움직이질 않아 모두들 착각하는 모양인데 난 단 한 번도 걸어오는 싸움을 피해 본적이 없다. 내가 왜 패마(覇魔)로 불리는 것인지 잊은 것은 아닌가?"

웅웅―.

살기 가득한 그의 목소리에 두 사람은 입을 열 수 없었다.

자신들보다 윗줄에 있는 상대라는 것은 알고 있었다. 그렇기에 그 차이를 메우기 위해 그동안 부단한 수련을 했었던 것인데……

정작 들어난 그의 실력의 단편을 보는 것만으로도 몸이 굳는다.

'괴물!'

두 사람의 머리를 스쳐 지나가는 단어.

마지막 대전을 끝으로 두 사람에게도 엄청난 실력의 향

상이 있었지만 눈앞의 괴물은 자신들의 상상을 뛰어넘고 있었다.

자신들이 한 발을 내 걷는 동안 패마는 두 세 걸음을 걷고 있었다.

이 자리에 나서기 전까지만 해도 두 사람은 과연 천마성을 치는 것에 대해 이득이 있는 것인지를 끊임없이 따졌다.

겉으로는 어떠한 내색도 하지 않았지만 그들은 패마의 무서움에 대해 잘 알고 있었기 때문이다.

"으음! 그대의 강함에 대해 누구보다 잘 알고 있는 것이 우리 두 사람일 것이오. 하지만 강함을 논하기 이전 같은 무림 동도로서 저들의 편의를 살펴야 하지 않겠소이까. 정점에 이른 자들이 아래를 돌보지 않으면 그 누가 돌보겠소."

백도맹주의 차분한 설명에 패마의 기세가 누그러든다.

하지만 그뿐이었다.

"내 마음에 변화는 없다. 내 제자의 흔적을 찾기 전까지는 어떠한 일이 있더라도 이곳을 떠날 생각이 없음이다. 대신 본성의 만금상단과 천하전장에서 지원을 해주도록 하지."

이미 만금상단과 천하전장의 주인이 누구인 것인지 알려진 상황이기에 패마는 거침없이 두 곳의 이름을 들먹인다.

확실히 만금상단과 천하전장의 금력이라면 중원의 그 어떠한 문파라도 지원을 할 수 있을 것이다. 괜히 중원에서 손꼽는 곳이 아닌 것이다.

천마성은 강함을 우선시하기에 금력을 바탕으로 펼치는 계략을 좋아하지 않을 뿐이지, 만약 금력을 바탕으로 중원을 집어 삼키기 위해 움직였다면 벌써 백도맹과 사황성은 무너졌을 수도 있다.

중원에서 세 손가락 안에 드는 그들이니 백도맹과 사황성을 노리고 금력을 동원했다면 그 끝을 알 수 없었을 것이다.

지금 당장 천마성이 그 모습을 보여주고 있지 않은가.

자신들이 천마성 소속임을 드러내놓고 성 밖으로 나온 천마성 무인들을 지원하는 만금상단과 천하전장의 금력 동원력은 경악을 금치 못할 수준이었다.

더 놀라운 것은 그러면서도 평소의 활동을 꾸준히 이어간다는 것이었다.

그 말은 곧 아직도 그들에겐 금력의 여유가 있다는 소리였다.

무공에만 평생을 받치는 것 같던 패마에게 그런 수완이 있었을 것이라곤 천하의 누구도 생각지 못했던 일이었다.

스스스.

하얀 먼지가 가라앉는다.

패마로선 양보할 수 있는 최대한을 양보한 것이기에 더
이상 입을 열지 않았다.

이젠 패마의 제안을 받아 들이냐 마냐는 백도맹주와 사
황성주에게 달려 있는 일이었다.

"우린 좋소. 어차피 밑에 놈들이 입만 다물어 준다면 난
살 것 같으니."

웃으며 두 손을 드는 사황성주의 모습에 백도맹주는 작
은 한숨과 함께 고개를 끄덕인다.

그 모습에 패마는 고개를 끄덕이며 자리에서 일어섰다.

이야기가 끝났으니 이젠 실무진이 움직일 차례인 것
이다.

패마가 자신의 몸에 이상을 감지한 것은 자리에서 일어
서던 바로 그때였다.

휘청!

균형을 잡지 못하고 그대로 주저앉은 것이다.

그뿐만이 아니었다.

몸 안을 끊임없이 맴돌아야 하는 내공의 흐름이 점차 둔
해지고 있었다.

"이건……!"

"이제야 듣는 모양이로군."

"미안하게 되었소. 이것이 아니면 그대를 제압할 방법
이 도저히 떠오르질 않았소이다."

어느새 자리에서 일어선 두 사람의 기세가 매섭다.

"네놈들……! 대체 어떻…… 먼지로 위장했던 것인가!"

패마의 말에 사황성주가 비릿하게 웃으며 대답한다.

"정확하게 맞췄군. 미리 객잔의 곳곳에 먼지처럼 산공독을 풀었지. 분명 그 잘난 힘을 보일 것이라 생각하고 말이야."

"어지간한 산공독은 통하지 않을 것이라 생각해 '그날' 우리에게 쓰였던 것을 분석하여 만든 것이오. 이것이라면 그대도 어쩔 수 없겠지."

쓰게 웃으며 말하는 백도맹주.

오래 전 정체를 알 수 없는 자들에게 회담을 앞두고 습격을 당했었다. 그때 쓰였던 산공독은 삼신으로 불리는 두 사람에게 큰 충격을 주었었다.

그렇기에 어떻게든 그것을 긁어모아 분석하고 똑같이 재연을 해낸 것이다.

"평화의 시대가 너무 길었다 생각하지 않소?"

"감히 네놈들이!"

쿠아아아!

패마의 기운이 객잔을 뒤흔든다!

"지금쯤이면 중독이 되었겠지?"

"물론. 한 번 중독되고 나면 그 뒤는 효과가 없지만 최초에는 그것이 누구든 걸리게 되어 있지. 네가 해독제라면서 건넨 것도 아무 효과가 없는 약일뿐이지. 산공독의 정체를 모르니 속아 넘어가겠지."

낙월이 당연하다는 듯 웃으며 대답하자 제갈강은 묵묵히 고개를 끄덕인다.

이번 작전에 쓰이는 산공독은 공식적으로는 과거에 쓰였던 것을 제갈세가에서 회수하여 분석해 똑같이 만든 것으로 했지만, 실제로는 낙월이 그에게 건넨 것이었다.

산공독의 존재를 제갈세가에선 전혀 알지 못하고 있지만 아무래도 상관없었다.

어차피 이것의 존재를 아는 사람은 저 멀리 객잔 안에 있는 이들 뿐이니까.

"정말 괜찮을까?"

"후후, 의심하지 말라고. 제 아무리 뛰어난 무인이라 하더라도 산공독에 중독된 상태에서 제대로 싸우는 것은 불가능한 일이니까. 솔직히 삼신 정도 되면 산공독에 중독되더라도 완전히 내공을 막을 수는 없겠지만, 고수들 간의 싸움에서 작은 틈은 곧 죽음으로 연결이 되는 법이지."

낙월의 확신에 찬 말에 제갈강은 그제야 안심이 되는 듯 고개를 끄덕인다.

때마침 제갈강이 서 있는 뒤쪽에서 엄청난 기세가 느껴지기 시작했다.

뒤를 돌아보자 근 2만에 이르는 백도맹의 무인들이 빠른 속도로 움직이고 있었다. 그리고 그 선두에 제갈세가가 있었다.

　"지금부터 진정한 축제가 시작된다. 흐흐흐! 크하하하하!"

　낙월의 웃음소리를 듣던 제갈강의 몸에 소름이 돋는다.

天魔光上 10章.

10 章.

　조금이라도 더 큰 위력을 내기 위해선 몸 전체의 힘을
일시에 뿜어 낼 수 있어야 한다.

　그러기 위해선 뼈는 단단해야 하고, 몸은 부드러워야 하
며, 육체는 강인해야 한다.

　한줌의 내공도 허투로 쓰지 마라.

　그것 또한 힘의 일부일 지니.

　몸 안의 모든 기운을 회전시켜라. 그 파괴력은 순수할
것이며 작은 힘으로도 능히 강한 상대를 제압 할 수 있을
것이다.

　세 번째 벽에 쓰인 내용을 읽으며 도현은 굵은 땀방울을

흘린다.

이곳을 발견한 순간부터 쉬지 않고 도현은 수련에 매달렸다. 수련을 거듭하면 할수록 마치 몸에 맞는 옷과 같다는 느낌을 강하게 받을 수 있었다.

그 이름조차 알 수 없는 무황의 무공은 작은 힘으로 강한 힘을 발휘하면서도 유연하다.

특히 고대 무공의 특징 중 하나는 주화입마가 없다는 것이다.

워낙 적은 내공으로 움직이다보니 주화입마에 빠져들만한 내공이 없는데다, 급격한 운영에 흔들리지 않을 정도로 강하게 육체를 단련시키기 때문이었다.

현대의 무공은 내공을 중시하다보니 내공의 증가를 위한 심법이 크게 발달한 상태이지만, 덕분에 주화입마의 위험이 언제든 따르는 것이 사실이다.

그 원인을 무황의 무공을 익히며 도현은 육체적인 수련이 뒤받침 되지 않기 때문이라 판단했다.

천마성에서 그 누구보다 육체적으로 고르게 수련했다 자부 할 수 있었던 그 임에도 눈앞에 써 있는 수련에 비한다면 부족한 것이 너무나 많았다.

굳이 말하자면 자신이 해왔던 것은 그저 기초 정도나 될 수준이라고 할까?

그만큼 고대의 무공을 익히기 위한 수련은 혹독하며 육

체의 한계에 도전하고 있었다.

뚝, 뚝!

굵은 땀방울이 바닥에 떨어져 내린다.

물구나무를 선채로 팔굽혀 펴기를 하는 도현의 얼굴이 마주보는 바닥에는 온통 땀으로 흥건 했다.

그것을 옆에서 지켜보고 있던 설하가 재미없다는 듯 투덜거린다.

"재미없어. 놀아주지도 않고."

"하하, 미안해."

웃으며 답하는 도현의 팔이 부들부들 떨린다.

한쪽에선 소진도 수련을 위해 부단하게 움직이고 있었기에 아무것도 할 줄 모르는 설하는 매일매일 혼자 놀고 있었다.

아이와 같은 그녀이기에 지금의 생활이 재미있을 리가 없다.

그것을 알면서도 도현과 소진으로선 어떻게 해 줄 방법이 없었다.

설하의 눈을 충족시켜 줄만한 것이 무엇인지도 모르는데다, 그녀와 놀아주는데 시간을 투자하기엔 수련을 하며 얻는 것이 너무 많았다.

소진의 경우도 죽음의 위기를 넘겨서 인지 많은 것을 얻고 있었는데, 나날이 그 실력이 일취월장함을 느낄 수 있을 정도였다.

아쉬운 것이 있다면 검이 없다는 것이었다.

떨어지는 와중에 검이 사라진 것이다.

목숨을 건진 것만으로도 다행으로 여기는 판국이기에 검이 없음을 아쉬워 할 틈이 없었는데, 이렇게 수련을 시작하자 그 점이 무척이나 아쉬워지고 있었다.

"흡!"

부들부들!

짧게 숨을 들이키며 손가락을 하나씩 떼기 시작해 마침내 엄지 하나만 남은 상태로 팔굽혀펴기를 하는 도현.

순수한 육체의 힘으론 그 모습을 유지하는 것만으로도 힘들 텐데 그는 팔굽혀펴기 까지 한다.

웬만한 힘으론 결코 어려운 일이다.

그렇게 한참을 수련을 한 도현이 몸을 일으킨다.

모두 8개의 벽으로 이루어진 고대 무공.

벌써 3개째를 끝낸다.

짧은 시간동안 여기까지 해낼 수 있었던 것은 도현의 몸이 기본적인 수련이 너무나 잘 되어 있기도 했지만, 마의 덕분에 몸의 체질이 완전히 바뀌었기 때문이었다.

절대적이라 할 수 있을 정도로 무공에 잘 어울리는 육체를 가지게 된 것이다.

옆에서 지켜보고 있던 소진이 고개를 내저을 정도로 도

274 천마비상3

현이 고대의 무공을 흡수하는 속도는 엄청난 것이었다.

지금 같다면 어지간한 무공은 비급을 보는 것만으로도 팔 할 이상을 소화 할 수 있을 것 같았다.

"핫!"

짧은 기합과 함께 눈앞의 벽을 향해 주먹을 날리는 도현!

콰르릉!

굉음과 함께 벽이 무너진다.

무너진 벽의 뒤로는 작은 공간이 있을 뿐 어떠한 것도 존재하지 않는다.

그럼에도 불구하고 벽을 부수는 것은 1번째 벽의 설명에 적혀 있던 내용 때문이었다.

한 단계를 넘어 갈 때마다 눈앞의 벽을 부수라는.

처음엔 그 이유를 몰랐는데, 가면 갈수록 알 수 있을 것 같았다.

부술 때마다 손에 전달되는 반탄력이 조금씩 늘어가고 있는 것이다.

처음 이곳에 들어올 때 고생을 했던 벽과 같은 성질을 가지고 있는 돌로 세워진 것이다. 물론 당시와 비교 할 수 없을 정도로 반탄력이 약하다곤 하지만, 가면 갈수록 강해질 것이 분명했다.

'마지막엔 그때의 벽과 같은 반탄력이 돌아오겠지. 아

니면 더 강할 수도 있고. 이건 이곳에 적힌 무공을 확실히 익혔는지를 확인 할 수 있도록 조치한 것이겠지. 대체 이 돌이 무엇이기에 이런 힘을 가지고 있는 것이지?

돌에 대해 궁금증이 다시 일어나지만 곧 고개를 내젓는다.

고민한다고 해서 당장 알 수 있는 것이 아니기 때문이다. 그러는 사이 심심하던 찰나 잘됐다는 듯 설하가 무너진 벽 뒤로 쏙 들어간다.

아무것도 없음을 눈으로 확인하고서도 직접 달려가는 것이다.

그만큼 심심하다는 뜻일 터다.

그런 그녀를 뒤로 하고 도현은 다음 번 숫자가 적힌 벽으로 이동을 했다.

"어?"

그리곤 자신도 모르게 입으로 소리를 내고야 만다.

그곳에 적혀 있는 것은 방금 전의 벽에서 잠시 언급하고 지나갔던 내공의 운용법에 대해 적혀 있던 것이다.

'내공을 비튼다니…… 괜찮을까?'

단박에 걱정부터 된다.

수많은 무공 지식을 알고 있는 도현이지만 내공을 비틀어 사용하다는 이야기는 들은 적이 없었다.

오히려 이런 식으로 내공을 운용한다면 혈이 비틀리며

크게 부상을 입을 수도 있는 일이었다. 내공이 작다면 모르겠지만 도현의 내공은 무림에서도 쉬이 상대를 찾을 수 없을 정도로 막대하다.

결코 간단하게 생각할 것이 아니라는 것이다.

"여기서 해내지 않으면…… 앞으로 나아 갈 수 없다는 건가."

흐르는 땀을 닦아낸 도현은 자리에 주저앉았다.

그리고 벽에 구멍이 뚫릴 정도로 읽고 또 읽는다.

자신의 마음에서 이 방식에 대한 확신이 설 때까지 도현은 자리에 앉아 읽고 또 읽을 생각이었다.

◑

콰앙!

굉음과 함께 사황성주의 신형이 객잔의 벽을 뚫고 튕겨져 나간다.

"크윽!"

이를 악무는 그의 옷은 이미 형편없이 갈기갈기 찢겨져 있었고, 단정하게 묶여 있던 머리는 사방으로 흩날린다.

몸 전체에 전달된 힘을 해소하고 다시 객잔으로 뛰어들려 할 때 자신이 뚫고 나온 바로 옆이 부서지며 백도맹주가 튕겨져 나온다.

"으음."

낮은 신음을 흘리는 그의 꼴도 말이 아니다.

"네놈들…… 무슨 생각이냐."

저벅저벅-.

무너진 벽을 가볍게 뛰어넘어 천천히 걸어 나오며 패마가 묻는다.

산공독으로 인해 내공을 제대로 쓸 수 없을 것인데도 불구하고 두 사람을 일방적으로 객잔 밖으로 쫓아낸 그의 힘은 엄청난 것이었다.

물론 그라고 해서 멀쩡한 것은 아니었지만 둘을 상대한 것 치곤 매우 양호한 편이었다.

"새로운 질서를 원하고 있을 뿐이오."

"천마성의 힘은 강해도 너무 강하지. 언제 터질지 모르는 폭탄을 옆에 두고 있는 것보단 약간의 희생을 거치더라도 없애버리는 것이 더 안전하지 않겠어?"

백도맹주와 사황성주의 이어진 말에 패마는 크게 웃는다.

"크하하하!"

한참을 웃은 그가 천천히 웃음을 거두며 차가운 눈으로 둘을 바라본다.

오랜만에 정신이 나가버릴 정도로 분노가 치솟는다.

그 분노를 평상시라면 적절히 제어했겠지만 지금의 패마는 조금도 제어할 생각이 없었다.

오히려 도현의 문제에서부터 시작된 분노를 터트려버릴
좋은 기회라 생각했다.

우우우!

내공을 전력으로 운용하기 시작하자 그의 몸에서 강력
한 마기가 흐른다.

산공독으로 인해 내공이 제한을 당하고 움직이는 내공
도 이전과 비교 할 수 없을 정도로 느리게 움직이지만 천
하의 패마에겐 조금도 상관없는 일이었다.

마기와 패기가 넘실거리는 패마를 보며 사황성주는 두
주먹을 굳게 쥐며 자세를 취했고, 백도맹주는 자신의 애검
을 치켜세웠다.

평화의 시대가 저물고 있었다.

"예감이 안 좋더라니."

긴급으로 전해진 소식에 삼 장로의 얼굴이 검게 변한다.

곧장 만약을 대비해 장로들이 모여 있는 천막으로 뛰어
가는 그.

잠시 뒤 천마성 무인 전체에 비상이 걸린다.

"놈들의 수는?"

"백도맹 2만에 사황성은 3만. 사황성이야 머릿수만 많
은 놈들이지 실제로 쓸만한 것은 1만 정도 될 것이고, 백도
맹은 그래도 좀 나은 편이라 1만 5천정도 봐야 하겠지."

"많군."

삼 장로의 말에 검마는 쓰게 웃었다.

하지만 강한 자신감이 보인다.

지금 이 자리엔 천마성의 정예 무인이 1만이 집결해 있다. 사실상 천마성이 가용 할 수 있는 모든 전력이라 불러도 좋을 정도다.

과거에도 이와 비슷한 세력을 유지하며 놈들과 싸웠었다.

그때도 밀리지 않았는데 더욱 강해진 지금이라면 말할 것도 없는 것이다.

"성주님께선?"

"백도맹주, 사황성주와 어울리고 계시겠지. 놈들이 저리 대놓고 움직인다는 것 자체가 성주님이 없다는 것을 알기 때문이지."

"우리도 얕보였군."

쓰게 웃는 검마에게 자리에 함께 한 장로들은 알듯 말듯한 미소를 짓는다.

도현의 일 때문에 천마성의 정보조직의 눈이 거의 대부분 이곳주변으로 몰렸던 지라 상황을 파악하는 것이 많이 늦어졌다.

평소라면 벌써 올라왔어야 할 보고들이 뒤늦게 올라오는 것들이 그 증거다.

"그래도 성주님의 경우는 큰 걱정이 없다는 것이 다행이로군. 정말 무서우신 분이시라니까."

"그러게 말입니다. 설마 이런 일까지 예측하실 줄은 몰랐습니다."

무섭다는 듯 고개를 내저으며 사 장로 흑혈도마 지팡이 입을 연다.

그의 말처럼 패마는 놈들이 자신들을 공격할 것에 대해서도 철저하게 준비를 해놓고 있었다.

도현의 일 때문에 정신없이 움직이는 와중에도 그는 만에 하나라도 있을 모든 일에 대비를 해놓은 것이다.

그것은 도현의 사부이기 이전에 천마성을 이끄는 주인으로서 가져야 할 책임감 때문이다. 자신의 손에 수많은 이들의 목숨이 달렸기에 패마로선 주의를 하지 않을 수 없었다.

덕분에 갑작스런 상황임에도 불구하고 자리에 앉은 장로들의 얼굴에는 여유가 넘치고 있었다.

"놈들 이외에 다른 세력은?"

"아직까지는 보이질 않아. 혈교 놈들까지 합세하면 어쩌나 했는데, 다행이 그런 것 같지는 않아 보이는군. 어쩌면 놈들만으로 가능하다고 여기는 것인지도 모르겠어."

"흠…… 그럴 수도 있겠군. 근질거리는 몸을 억지로 참으면서까지 힘을 키운 보람이 이제야 나오겠군."

검마의 말에 모두들 빙긋 웃는다.

비록 과거의 대전은 황제에 의해 강제로 끝이 났지만, 그들은 언제나 천하일통의 자리를 걸고 수련을 해왔다.

특히 강자존을 표방하는 천마성에선 자신의 자리를 지키기 위해서라도 강해질 필요가 있었고, 덕분에 천마성 초창기 때부터 함께 해온 무인들의 경우는 상상을 초월할 정도로 강해져 있었다.

그것을 외부로 드러낼 일이 없다는 것이 아쉬울 정도로 말이다.

"자…… 문제는 놈들이 왜 움직였냐는 것이겠지."

검마의 말에 모두들 고개를 끄덕인다. 문제를 알아야만 그것을 쉽게 해결할 방법이 보인다.

단순히 사황성과 백도맹의 문제가 아니었다.

자신들의 싸움을 지켜보며 즐거워하고 있을 혈교가 문제인 것이다.

"당장은 정보가 부족하니 어쩔 방법이 없다. 그저 속전속결로 놈들을 처리하고 뒤를 지켜보는 수밖에는."

"음…… 역시 그 방법 밖에 없는 건가?"

묵묵히 입을 열지 않고 있던 이 장로 월영마검의 말에 검마는 고개를 끄덕인다.

확실히 그의 말처럼 당장으로선 어떻게 할 방법이 없는 것이다.

그때 조용히 있던 오 장로 마선의가 손을 들었다.

"상상하기도 싫은 이야기이지만 성주님께서 패하게 되면 어떻게 되는 겁니까?"

"……."

침묵이 감도는 회의실.

지금까지의 이야기는 패마가 승리를 한다는 것을 전제로 한 이야기였다. 이길 것을 믿어 의심치 않았기에 아예 거론조차 하지 않았었다.

그것을 굳이 들춰내 이야기하는 마선의.

하지만 이것이 마선의의 장점이었다. 모두의 의견이 한쪽으로 편중 될 때마다 그는 잘못된 것을 바로잡는다.

그가 있기에 패마가 없더라도 장로회의가 바른 길로 간다고 해도 과언이 아닐 정도였다.

"만약 그런 일이 벌어진다면…… 무조건 몸을 사려야 하겠지. 절대자인 주군을 잃은 천마성은 사상누각에 불과할 테니까."

무거운 음색의 검마의 말에 모두들 얼굴이 굳어진다.

"놈들도 바보가 아닌 이상 주군의 강함을 모르는 바가 아닐 겁니다. 그럼에도 저리 나선다는 것은 그것을 돌파할 다른 수단을 강구했다는 이야기가 아니겠습니까? 이번과 같이 화약이 쓰인다던지."

"그건 아닐 거다. 적들도 바보가 아닌 이상 관이 촉각을 세우고 있는 이런 시기에 화약을 사용하지는 않을 것이야.

자칫하다간 무림 자체가 사라질 수도 있는 문제이니."

단호하게 대답하는 삼 장로.

천마성의 모든 정보를 총괄하는 그의 판단이니 만큼 믿을 수 있는 이야기였기에 오 장로는 고개를 끄덕이며 물러선다.

"지금으로선 주군을 믿고 우리가 할 수 있는 일을 해야 한다. 주군이 돌아오셨을 때 믿고 일을 맡긴 우리가 제대로 해내지 못했다면 얼마나 실망하시겠나?"

"쿵! 그럴 수야 없지요."

잠잠하던 칠 장로 거력마웅이 코로 숨을 내쉬며 우렁차게 대답하자 모두들 웃으며 자리에서 일어섰다.

"오랜만에 힘 껏 날뛰어 보자. 가자!"

검마의 말과 함께 일제히 회의장을 벗어나는 장로들.

그들의 앞으로 어느새 마기를 피워 올리고 있는 천마성 무인들이 한 가득 보인다.

"가자!"

"와아아아!"

짧은 검마의 말에 일제히 함성을 내지른다!

스컥!

쩌저적!

예리한 소리와 함께 땅이 쩍하고 벌어진다.

창천신검의 검에 맺힌 검강은 푸른빛을 띠며 집요하게 패마를 뒤 쫓는다.

뱀과 같이 부드러우면서도 결코 놓치지 않겠다는 집요함이 보이는 그의 검을 패마는 빠르면서도 최소한의 움직임만으로 정확하게 피해낸다.

신들린 듯한 그의 움직임에 공격을 하고 있는 창천신검조차도 점차 힘이 빠질 정도다.

투화-!

그때 사각이었던 왼편에서 강하게 주먹을 내지르며 몸을 날려 오는 사황신권!

콰르릉!

그의 주먹에서 뻗어나간 권강이 지면에 부딪치며 굉음과 함께 폭발을 일으킨다.

두 사람의 공격을 빠른 움직임으로 피해낸 패마가 손을 움직였다.

"흡!"

짧은 기합과 함께 그의 손이 검게 변한다 싶더니 일순 두 사람의 눈을 현혹시키며 엄청난 수의 장력이 날아간다!

퍼퍼펑!

펑!

연속되는 소리.

내공의 흐름이 자연스럽지 않을 텐데도 불구하고 거침없이 공격을 펼치는 패마 때문에 두 사람의 등에는 식은땀이 가득하다.

산공독에 당하고도 저런 위력을 발휘하는데 멀쩡한 상태였다면 대체 얼마나 더 강해진다는 것인가!

"괴물 같은……!"

절로 이런 소리가 흘러나온다.

이를 갈며 사황신권은 온 몸의 기운을 끌어 올린다.

전력을 다하고 있음에도 패마에게 제대로 된 상처를 안길 수가 없었다.

절묘하게 피해내고 있는 것도 문제지만 간혹 지금과 같이 공격해 올 때는 간담이 서늘해진다.

"핫!"

콰르릉!

그의 주먹에서 뻗어나간 권강이 패마의 장력을 와해시킨다. 그 틈을 놓치지 않고 창천신검이 검강을 앞세운 채 신검합일의 수로 몸을 놀린다.

쐐애액!

허공을 가르며 날아다는 창천신검!

날아드는 그를 보며 땅을 박차며 앞으로 달려드는 패마!

두 사람의 거리가 가까워진 순간 패마의 신형이 땅을 파고 들더니 이윽고 창천신검의 밑으로 들어 가버린다.

갑작스런 상황에 대응을 하지 못한 창천신검과 달리 패마는 오른 주먹에 모든 힘을 실어 올려쳤다!

뻐억!

"크아악!"

피를 토하며 뒤로 날아가는 창천신검!

패마의 일격을 버텨내지 못한 것이다.

하지만 공격을 적중시킨 순간 패마는 좋아 할 수 없었다.

어느새 접근한 사황신권이 빈 옆구리를 향해 주먹을 내지르고 있었던 것이다.

으득!

이를 악문 뒤 패마는 호신강기를 일으켰다.

정확하게 그의 주먹이 날아드는 곳에 집중적으로 내공을 쏟아 부으며!

쾅!

굉음과 함께 날아가는 패마의 신형!

촤아악!

미친 듯 발이 미끌리며 땅에 큰 흔적을 남기고 나서야 멈춰선다.

주륵!

입가로 흐르는 선혈.

욱씬거리는 것이 왼쪽 갈비뼈가 전부 부러진 것 같았다.

'운이 나쁘군. 하필이면.'

아픈 기색을 내지 않으며 천천히 자세를 바로 잡는 패마를 보며 사황신권은 자신의 주먹을 내려다본다.

분명 타격감이 확실히 왔는데도 멀쩡한 패마를 이해하지 못한 것이다. 하지만 곧 패마의 입가에 흐르는 피를 보며 만족스러운 듯 고개를 끄덕인다.

"과연 난 또 내 주먹이 잘못된 줄 알았네."

"예전보다 힘이 빠졌군."

"계속 하다보면 알겠지."

팟!

말이 끝나기 무섭게 달려드는 사황신권.

패마의 상처를 눈치 채고 기회를 주지 않기 위해 달려드는 것이다.

그것을 알면서도 패마는 쉽게 대처하지 못하고 그의 공격을 피하는 것에 신경을 집중하기 시작했다.

옆구리의 상처도 상처지만 시간이 갈수록 내공의 흐름이 느려지고 있었다.

물론 이전의 경험을 떠올려보면 얼마 지나지 않아 내공이 본래대로 돌아올 것을 알고 있지만, 그때까지 기다려줄 것 같지 않았다.

콰쾅-!

사황신권의 주먹이 휘둘러질 때마다 사방이 부서져 나간다.

위험을 없앤다는 취지로 마을 사람들에게 돈을 쥐어주며 강제로 멀리 보낸다 싶었더니, 이런 이유 때문이었을 테다.

관의 눈초리가 무림을 향하고 있는 지금 무림인도 아닌 일반인들을 죽였다간 어떤 일이 벌어질지 모르는 것이다.

콰르르릉!

또 한 번 굉음이 울려 퍼지고 멀쩡하던 집이 무너져 내린다.

"아, 늙은이 빨리 합류 안할 거요!"

"쿨럭! 너도 나이 먹어봐!"

사황신권의 외침에 겨우겨우 몸을 추린 창천신검이 뚱한 얼굴로 외치며 합류한다.

하지만 패마에게 맞은 일격이 뼈아팠던 탓인지 이전과 같은 날카로움과 집요함은 보이질 않고, 그저 사황신권을 뒤에서 받쳐주는 행태로 움직이고 있었다.

문제는 그것만으로도 패마는 힘들어한다는 것이었다.

퍽!

손에서 느껴지는 강한 충격을 빠르게 해소하며 뒤로 물러서자 바로 그 자리를 스쳐 지나가는 검.

쉴 틈 없이 공격해 오는 모습에 사이가 나쁘던 두 사람이 언제 합격술을 연마한 것은 아닌지 의심이 될 정도였다.

"후우, 후!"

숨을 골라내는 패마.

궁지에 몰리면서도 그는 포기하지 않고 상황을 냉정하게 판단하고 있었다.

처음에는 화난 채로 모든 것을 터트리고 있었지만, 시간이 갈수록 냉정하게 상황을 지켜보고 있는 것이다.

이것이 패마의 무서움이었다.

어떤 상황에서도 그는 절대 이성을 잃지 않는다.

그저 그렇게 보일 뿐.

결코 걸어온 싸움을 거절하는 그가 아니지만 그렇다고 상황이 불리한데도 불구하고 자신의 목이 떨어질 때까지 싸우는 미련한 짓을 하지 않는 그다.

싸워야 할 때와 물러서야 할 때는 정확하게 아는 것.

그것이 그가 패마로 불리는 진정한 이유라 할 수 있었다.

때마침 그의 눈에 크게 휘둘러지는 사황신권의 주먹이 눈에 들어온다. 뒤에서 시기를 맞춰 들어와야 할 창천신검의 반응이 아주 미세하지만 늦는다.

찰나의 순간이지만 그 틈을 놓칠 그가 아니다!

쉬익!

허리를 숙이는 순간 머리 위로 놈의 주먹이 스쳐지나가고 텅 빈 옆구리가 눈앞에 들어온다.

이를 놓치지 않고 강하게 땅을 박차며 어깨로 받아버

린다.

텅!

콰직.

맞닿은 육체에서 뼈가 부러지는 소리가 확연히 들려오고, 패마는 사황신권의 몸을 방패삼아 창천신검의 공격을 유유히 피해내곤 뒤로 물러섰다.

"컥!"

짧은 신음과 함께 피를 토해내는 사황신권.

패마가 그러했듯 그 역시 갈비뼈가 전부 부러진 것이다.

짧은 순간이었지만 틈을 놓치지 않은 패마가 정확하게 공격을 한 것이다.

주먹이나 발을 이용해 공격하려 했다면 늦었을 것이다.

순간적인 재치로 어깨를 이용해 강하게 받았기 때문에 큰 피해를 줄 수 있었다.

신음과 함께 오른쪽 옆구리를 부여잡으며 비틀거리는 그.

이로서 세 사람 모두 꽤나 큰 상처를 입은 셈이 되었지만 누구 하나 물러서자는 이야기를 하지 않는다.

사황신권과 창천신검으로선 당연한 이야기였다.

이미 천마성을 향해 검을 뽑아 든 상황이다.

과거에 이어 중원 전역을 뒤흔들 싸움이 시작된 마당에 이제와 물러선다고 해서 될 일이 아닌 것이다.

게다가 천마성을 쓰러트리기 위해선 반드시 패마를 잡아야 했다.

패마를 잡지 못한다면 천마성은 결코 쓰러트릴 수 없는 괴물과도 같은 모습을 보일 것이 뻔했다.

휘잉.

불어오는 바람이 스산하다.

세 사람의 눈에 서린 살기는 지워지지 않는다.

어찌나 싸움이 치열했던 것인지 주변에 멀쩡한 건물을 찾아보기 어려울 정도였다.

멀리서도 알아들을 정도로 굉음이 울려 퍼졌음에도 아무도 찾아오지 않는다는 것은 굳이 말하지 않아도 이변이 일어났음을 알 수 있었다.

"꽤 많은 전력을 동원한 모양이군."

슥-.

입가의 피를 닦으며 말하자 사황신권이 큭큭 웃으며 답했다.

"사파의 거의 모든 전력을 투입했지. 그건 백도맹 역시 마찬가지겠지. 대어를 낚기 위해선 그만한 채비를 갖춰야 하는 법이니까."

"그렇군. 하지만…… 내가 이 상황을 대비하지 않았을 것이라 생각한 모양이로군."

"뭐?"

그제야 이야기가 이상하다는 것을 깨달은 두 사람이 패마를 바라보자 패마는 여유로운 얼굴로 이야기했다.

"이런 일이 벌어지면 어떻게 대처해야 할 지 이미 검마에게 알려두었지. 지금쯤이면 그대들이 동원한 세력을 막아내고 있을 지도 모르겠군. 본성의 전력이 과거와 같다고 생각한다면 큰 오산이야. 그동안 우리가 침묵을 지킨 것은 때를 기다렸음이지 결코 힘이 없었음이 아니니."

자신감 넘치는 패마의 말에 두 사람의 얼굴이 어두워진다.

이런 상황에서 거짓을 말할 그가 아니다.

다시 말해 사실이라는 말이다.

천마성에서 철저하게 준비를 했다면 어쩌면 자신들이 준비한 힘만으로는 어려운 상황에 처할지도 몰랐다.

이야기를 듣고만 있으니 절로 마음이 조급해질 법도 하건만 두 사람은 크게 표정의 변화가 없다.

그저 마음에 들지 않는다는 듯 얼굴을 일그러트린다.

"영감. 이젠 더 안 되겠소. 자존심이 중요하다곤 하나 밥 먹여 주는 것은 아니지 않소."

"후우…… 나도 늙은 모양이로군. 네놈의 말에 귀를 기울이는 것을 보니."

사황신권의 말에 쓰게 웃으며 대꾸한 창천신검은 품에서 천천히 단약을 꺼낸다.

그리곤 잠시 망설이다 그것을 입에 삼켰다.

사황신권 역시 마찬가지였는데, 그 모습을 보고 있던 패마는 기분이 급격히 나빠지기 시작했다.

아니, 몸 전체에서 위험 신호를 보내온다.

'뭐지?'

날카롭게 선 감각.

상황이 이상하게 흘러가고 있을 그때 단약을 삼킨 창천신검이 입을 열었다.

"미안하게 됐소."

"뭐?"

"쿵! 이런 치졸한 싸움은 이게 마지막이오."

두 사람의 이어지는 말에 영문은 알 수 없었지만 날카롭게 선 감각은 연신 위험 신호를 알려온다.

그때였다.

돌연 두 사람이 주변에 남아 있는 건물들을 향해 검과 주먹을 휘두르기 시작했다.

콰콰쾅-!

"아차!"

그 모습을 보고서야 깨달을 수 있었다.

객잔에 산공독을 미리 심어 놓을 정도라면 다른 건물이라고 해서 다를 것이 없다.

게다가 그것을 미리 준비한 위치를 알고 있다면!

"해독제였나!"

"미안하게 되었소."

"킁!"

창천신검의 말에 사황성주가 콧김을 내쉬며 고개를 끄덕인다.

절대 고수끼리의 싸움에서 이런 치사하고 비겁한 수를 쓴다는 것이 부끄럽기 짝이 없지만 어떻게 해서든 이 자리에서 패마를 잡아야 하는 두 사람이었다.

온 사방을 자욱하게 날리는 먼지들.

그 속에 하얀 먼지가 유난히 독하게 피어오른다.

재빨리 숨을 멈추고 내공으로 모공을 닫지만 어떻게 된 영문인지 산공독은 순식간에 몸으로 침투하며 그나마 움직이던 내공을 거의 꽁꽁 묶어버리기 시작했다.

객잔에서 휘날리던 산공독의 족히 10배는 넘는 것 같았다.

"이놈들…….!"

결국 패마가 두 사람을 향해 괴성을 지르고……

둘은 묵묵히 패마를 향해 몸을 날린다.

◐

콰앙-!

굉음과 함께 7번째 벽이 무너져 내린다.

도현이 무황의 무공을 습득하는 모습은 경이로울 만큼 빨랐다.

마치 갓 태어난 아이가 걸음마를 때기도 전에 달리는 것에 비견할 만큼 그 성장 속도가 엄청난 것이었다.

"으음…… 이런 것이었다니."

자신의 주먹을 내려다보며 놀랐다는 듯 연신 주먹을 쥐었다 푸는 도현.

역시 가장 놀라고 있는 것은 도현 본인이었다.

처음에는 도현도 무황의 무공과 사부인 패마의 무공을 별개의 것으로 생각하고 있었다.

그런데 시간이 흐르면 흐를수록.

무황의 무공을 익히면 익힐수록 그것이 아니라는 것을 깨달을 수 있었다.

만류귀종(萬流歸宗).

고대의 무공은 모든 것을 포용하고, 모든 것을 담을 수 있었다.

심지어 도현이 익히고 있는 패천마공까지도.

뿐만 아니라 그동안 머리로만 알고 있던 어떤 마공도 도현이 바란다면 모두 사용할 수 있었다.

그만큼 고대의 무공은 뛰어난 위력을 발휘하고 있는 것이다.

'고대의 무공이기 때문이 아니라 이곳의 무공이 그만큼

특별한 것이기 때문이겠지. 무황은 분명 정파 무공을 바탕으로 펼쳤을 것이고, 난 마공을 바탕으로 펼친다는 것이 다를 뿐이지.'

어느 정도 고대의 무공에 대한 실체를 파악해가고 있는 도현이기에 조금씩 자신에게서 벌어지는 현상에 대해 납득 할 수 있었다.

하지만 무엇보다 뛰어난 성과는 진짜 내공의 사용법을 알았다는 것이었다.

지금까지 익혀온 무공들로는 내공을 그저 밀어내는 것에 지나지 않았다. 하지만 고대의 무공은 달랐다.

있는 그대로 사용하되 작은 내공만으로도 큰 힘을 발휘할 수 있도록 하는 것이 고대 무공의 가장 큰 장점이었다.

다시 말해 도현의 어마어마한 내공을 바탕으로 발휘되는 무공의 위력은 상상을 초월한다는 것이다.

이미 소진이 옆에서 지켜보며 인정을 했을 정도였다.

아무것도 모르는 설화야 도현이 굉장하다며 옆에서 떠들어대며 사방팔방으로 돌아다녔지만.

마침내 마지막 벽을 마주한 도현.

모든 것을 완성한 자.

벽을 부숴라!

단 두 줄의 짧은 말.

하지만 벽에서 느껴지는 강한 힘을 도현은 느낄 수 있었다. 이미 6번째 벽에서 이곳에 출입할 때 느꼈던 벽의 힘을 경험한 도현이다.

이 마지막 벽이 얼마나 강한 반탄력을 가지고 있을 것인지는 상상도 되지 않지만, 부술 수 있다는 자신감이 몸 전체에 넘쳐흐른다.

"부술 수 있겠어요?"

어느새 소진이 도현의 옆으로 다가와 묻자 도현은 고개를 끄덕이는 것으로 대신 답했다.

웅웅―!

내공을 끌어올리며 천천히 나선(螺旋) 형태로 내공을 돌리기 시작하는 도현.

쿠쿠쿠!

몸 안에서 힘차게 회전하며 뒤틀리는 내공의 강력한 약동에 기맥이 터져나갈 것만 같지만 버텨낸다.

마의에 의해 도현이 신체를 개조하며 튼튼해진 기맥이 막대한 내공을 뒤트는 데도 든든히 뒤를 받쳐주는 것이다.

천운과 천운이 만난 것이나 마찬가지였다.

고대의 무공을 온전히 익혀내고 펼쳐 낼 수 있었던 것은 그야 말로 천운이 중복된 결과였다.

도현이 무공을 익히지 못해 몸을 단련하지 못했다면 훨씬 더 많은 시간을 투자해야 했을 것이고, 마의를 만나 몸을 개조하지 않았더라면 무공을 익히지도 못했겠지만 고대의 무공을 버텨낼 기맥을 얻을 수 없었을 것이다.

뿐만 아니라 천운이 아니었다면 어찌 무황의 무공을 찾아 낼 수 있었겠는가.

그야 말로 천운(天運)이라는 말 이외엔 설명할 방법이 없었다.

콰드득!

몸 안에서 들려오는 소리에 도현은 준비가 끝났음을 알수 있었다.

활의 시위를 당기듯 천천히 주먹을 치켜든 도현.

그의 주먹이 벽을 향해 날아간다!

●

삭막한 산.

거대한 구조물이 있었을 그곳은 폐허가 되어 남아 있는 것이라곤 돌 밖에 없었다.

주춧돌 하나마저도 완전히 사라져 버린 것이다.

"이게…… 대체?"

당황한 얼굴로 주변을 살피는 사내.

낡았지만 깨끗한 흑의 무복에 얼굴을 가리는 철립은 그의 정체를 쉬이 가늠 할 수 없게 만든다.

한가지 확실한 것은 사내가 무척 당황하고 있다는 것이었다.

그때 사내의 감각에 멀리서부터 느껴지는 기척이 몇 있었다.

"하암! 귀찮게 이 짓을 언제까지 해야 하는 거야?"

"위에서 시키는 일인데 시키는 대로 해야지, 우리 같은 말단이 무슨 방법이 있어?"

"하긴, 그것도 그렇지."

고개를 끄덕이며 불평을 털어 놓는 두 사람.

무인인 듯 허리춤에 검을 찬 둘은 정해진 길이 있는 듯 주변을 대충 둘러보며 쉬지 않고 걷는다.

그 모습을 지켜만 보고 있던 사내가 움직인 것은 두 사람의 모습이 큰 돌에 가려 누구에게도 보이지 않을 때였다.

턱!

빠르게 점혈을 하자 두 사람의 몸이 그대로 굳으며 움직이지 않는다.

"소리 지르지 마라. 묻는 것에만 대답한다면 순순히 보내 줄 것이다. 하지만 말을 듣지 않는다면…… 죽여주마."

살기를 드러내는 사내에게 두 사람은 미친 듯 고개를 끄덕이고 싶었지만 몸이 움직이지 않자 연신 눈알을 굴리는 것으로 대답한다.

말단 무사인 두 사람으로선 순식간에 다가와 점혈을 하는 고수인 사내에게 버틸 수 있는 방법이 없었던 것이다.

그것을 확인한 사내는 잠시 주변을 둘러보다 두 사람을 어깨에 들쳐 메곤 근처의 숲으로 모습을 감추었다.

주변에 아무도 없는 것을 확인한 사내는 두 사람의 몸만 움직일 수 없도록 한 뒤 물었다.

"천마성은 어떻게 된 거지?"

"예? 처, 천마성이라고요?"

퍽!

되물어오는 사내에게 재빨리 주먹을 선사한 그는 다른 놈에게 물었다.

"천마성은 어떻게 됐지?"

"유, 육 개월 전 패마가 죽고 난 뒤 사황성과 백도맹의 총공격으로 멸문했…… 히익!"

"뭐라고 했지?"

가공할 살기를 드러내는 사내에게 겁먹은 듯 두 사람은 오줌까지 지린다. 공포가 심하다 보니 제대로 답변도 못하는 그들.

그에 살기를 제어하며 사내는 다시 물었다.

"다시 묻지. 어떻게 됐다고?"

"패, 패마가 죽고 난 뒤 사황성과 백도맹의 총공격으로 천마성은 며, 멸문 했습니다요. 그, 그것이 불과 두 달 전의 일입니다!"

아는 것이 그것밖에 없는 듯 연신 덜덜 떨며 대답하는 둘의 마혈을 눌러 조용히 시킨 사내가 자리에서 일어섰다.

"천마성이…… 멸문했다고?"

웅장한 성이 자리하고 있던 곳을 바라보는 사내.

그의 손이 움직인다.

픽픽!

가볍게 두 사람의 사혈을 눌러 생명을 거둔 그가 천천히 걸어서 천마성의 터전이 있던 곳으로 향한다.

"하하…… 하하하. 하하하하!"

폐허가 된 천마성의 터 중심에서 미친 듯 크게 웃음을 터트리는 사내!

어느새 철립을 묶고 있던 줄이 느슨해지며 떨어져 내린다.

"누구냐!"

사내의 웃음소리가 얼마나 컸던 것인지 사방에서 무인들이 모습을 드러낸다.

허나, 사내는 개의치 않고 실컷 웃은 뒤에야 천천히 그들을 바라본다.

그때는 이미 오십에 이르는 무인들이 사내를 포위하고 난 뒤였다.

"넌 누군데 금지(禁地)에 발을 딛은 것이냐!"

"대장님 천마성의 잔당이 아닐까요?"

"음…… 그럴 수도 있겠군. 너! 당장 우릴 따라와라! 그렇지 않다면……!"

"시끄럽군."

사내의 말과 함께 폭발적인 마기가 사방을 휘젓는다.

그와 함께.

푸화아악!

허공으로 오십의 수급과 함께 뜨거운 피가 솟구친다.

쏟아지는 피를 맞으며 사내, 도현은 하늘을 바라본다.

서서히 지고 있는 저녁놀이 붉은 피와 같다.

검게 물들어 가는 하늘.

"천마성이 무너졌다고? 사부님이 죽어? 그럴 리 없지. 그럴 리가 없다고!"

콰르릉!

강하게 내딛은 전각이 지진과 같이 사방으로 큰 파동을 일으킨다!

하지만 무너진 천마성의 자리는 현실이고 그 말은 곧 사부의 죽음 역시 사실이라는 것을 의미한다.

어느새 붉어진 눈으로 그가 소리쳤다.

"나 이 자리에서 맹세한다!"

거칠고 순수한 마기가 폭풍처럼 사방을 휘감는다.

숨을 크게 들이마신 그가 폐의 공기가 단숨에 빌 정도로 크게 외친다!

"복수 할 것이다! 지옥 끝까지 쫓아가서라도 결코 용서치 않으리라! 진정한 마인(魔人)의 무서움을 보여주마! 난……!"

검게 물든 밤하늘을 향해 사내의 몸에서 흘러나온 방대한 마기가 솟구쳐 오른다!

마치 흑룡(黑龍)과도 같이.

"천마(天魔)가 될 것이다."

〈4권에서 계속〉

304 천마비상3